日行列車

利文曄——著

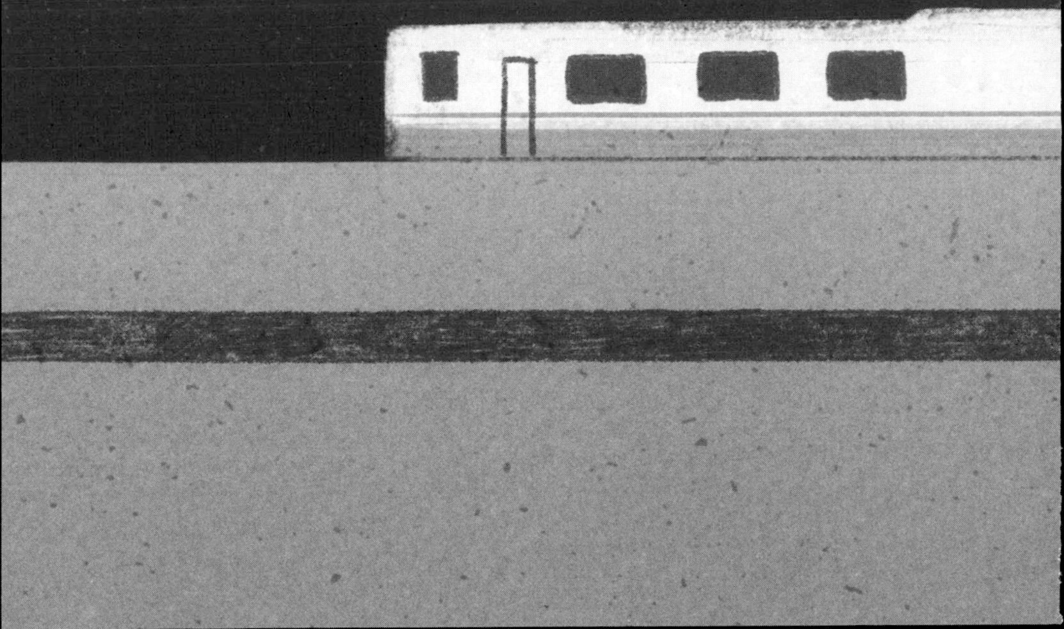

推薦序

成為弱者，穿牆而過：《日行列車》一二三事

張亦絢

《日行列車》整體讓我相當振奮與喜歡——有些讓我覺得張口結舌的好，我試說明如下。

有部我在電視台上，看得沒頭沒尾的義大利片，有段是這樣：父親照顧殘疾的小兒子心力交瘁，預備或真的自殺。兒子不解，問道，你為什麼憂鬱，你還有我啊！——在我看來，小說家利文曄沿路尋回的，就是這種，令理性或知性啞口無言的「誤會寫實」片刻——書寫，在於能夠「誤會」既存秩序與輕重緩急——換句話說，就是「誤會權力」——而妙的是，權力一旦被誤會，它就無法一如預謀的施展手腳。

1. 半本死亡之書，重訪悼亡記憶

〈失語〉短，短到幾乎會以為沒結構——但跳接是「另類結構」——從貓頭鷹的生命白，掩飾暴行（對狗）的布簾白，街頭藝人的無差別白——到了「我想起一個朋友」的「慶仔」。如果要寫慶仔，內容未免單薄——不單薄，因為不是真寫慶仔。慶仔段落是唯一沒點出白色

的，但白很醒目——小混混紗布泛出血跡，紗布絕對是白的。關於失語，只寥寥數句。然而，最後的「家將白」翻出三個逆高潮——現身、認出（因為不可能而更加強烈）、止步——重組了小說。原來它既非「動保懷友」也非「憶兒時」——我把收束三疊讀作矛盾祈願：請你復活！請你死去！

這使慶仔類似「祖宗神」——慶仔的「台語身」也才有了更廣闊邈遠的無意識表徵。事實上，被與英語平起的台語，在小說的作用同於「屌」（樣）。從屌的效益（氣哭老師）、無傷（露鬼臉）到後來不斷消亡——合併了前面白色漸層，勾勒出對「台語身」又愛又怕的感情沉積，別具風格。

〈失語〉是全書少數不領屍身的。〈地震〉中，主角已然加入「一同怕死的生之慶典」。人稱牡丹的女性作為主角的〈圓柱體〉（諧音「援助體」）、〈魔法師〉以及〈香水〉，這五篇的基調較為不同，焦點較集中（後面合稱五焦）——其他七篇，即使我會將它們歸於「珠灰大漫步系列」，它們仍並非只互相重覆，而更似「卡農輪唱」——儘管「死得好看」這類描述，頻率就異常地高——《日行列車》可說是「半本死亡之書」。

我對民俗了解有限，但根據我淺陋的心得，小說裡的細節，都較一般民俗知識更為深入。可確定的是，作者與「對悼亡仍保有深情的族群或世代」，尚不疏離——儘管作者未必意識其是文化底蘊，但我以為，在更具專門的研究者手中，或將發掘更多意涵。

2. 自主服喪：邊緣中心化與在前觀念處書寫

如果習俗是「文化服喪」的印記，《日行列車》更大的探索，是與「文化服喪」交互作用的「自主服喪」。〈妖怪村〉裡，八歲兒子的「認字」癡狂與母親的「擦字」儀式，都寫得令人萬分動容——尤以母親的「頂替不辯」，可說是寫到了語言所難以抵達之處。人之喪命可源於猥褻噴字這類輕浮，足見生命多麼脆弱，而牽掛又是多麼濃烈。〈雨神〉裡的舅公令我想到阿爾欽博托以蔬果繪製的「隱藏的臉」——在超越視覺上，並非經由取消，而是引入「更肉體的肉體」。

無論舅公的外表或心智，一旦被標籤，都不會好聽，在小說裡，舅公與各式人物卻給人渾然天成的感覺。即便是「與雨執拗」的「荒誕」，作者寫起來都無一分「怪氣」——在曾被讚「最溫柔」的〈老菸〉，應不只是「溫柔」，還能「使溫柔」——詩歌裡有「憫」的傳統，《日行列車》應很容易被指為「憫派」——但小說最好的部分，都不只是道德或感情的在場。電影史在論戰「邊緣／中心」時，有過一個論點：如果邊緣不能成為中心，邊緣／中心就等於「把邊緣再邊緣化」。因此，能在邊緣「坐地為中心」而解中心，更值借鏡。這也是《日行列車》的倫理敏感度。

〈日行列車〉一篇並非簡單二元對立的反啟蒙（啟蒙原詞即為「光」）——儘管它與〈鎖〉同樣會提供反啟蒙豐富的話語資源。但兩者之所以有後勁，還因為利文曄把握了寫出「前觀念」的獨到技巧——如此不但擺脫了觀念的暴力與限制，還去到更模糊更禁忌之處。

久病的父親算哪一種男性？主角在CPR安妮的課堂上很投入，表現良好。父癱並沒有造成他的社會或生理退避，但病父的性與性別存在，確實構成混沌性。安妮成為同學猥褻的對象，明顯因為她被當作女性，但是不是也因為她是病人呢？跳接數事後，主角回去就問母親問題，母親答以父親病因，可此處主角的困惑，當然與性有關。

3. 要屌不屌：無題性慾如無產階級

陰性化男性的成長組構，並不是粉紅通行就完結——在所有作品中，我注意到一個，我會稱為「要屌不屌」的隱伏線。理論上，陰莖當然可以不為父權共犯，可具體會發生什麼？將生殖力與豐收綁起來想像的，農業時代的陽具崇拜，與當前「成就取向人格與壯陽性」糾纏的型態，應該已有不同。像「草食男」的稱謂，不也暗示某單一「性表現」更合規格？可是利比多的內在多樣差異，應該原本就存在。

我前稱的「五焦」，有篇直接讓「性的主流預設前提」與「無題性別」[1]交錯，就「性預設出問題是問題」而言，寫得相當出色——但〈日行列車〉除了類似元素出場，還有均衡的好處——它讓我想到許多不用透視法的畫作，類似的「無題性慾」以「驚鴻一瞥」的方式浮現（列車上與沙發上）——母親論及「發紅蛋」一段，或會被誤為「懲戒蕩婦」的言說，但這說不通她的哭泣——我以為，這段更適宜看作和所有與「無（或少）性階級者」（借用「無產階級者」）的同在有關——除非是宗教人，就像崇尚名牌般，社會也存在崇尚特定奢性（慾）。

在這脈絡中，〈圓柱體〉裡的牡丹，本身也更接近「無性階級」，她的「援助」包括了幫不想性交的少男騙同儕，此更似「弱弱相憐」而非風月。五焦都具較明顯的記憶點與手法，但「珠灰大漫步系列」發展了不少「插曲」即「正曲」的寫法，讀者如能留意，會發現許多別有洞天處。

「無賴派」的名言說：墮落到底才是人。閱讀《日行列車》，屢屢讓我心生「成為弱者才是人」之感。弱者就能穿牆而過，這就是文學。無論這堵牆是生死、貧富、語言或性別——文學即是在此護持了它本身——最隱密與不可侵犯的尊嚴與意義。

• 本文作者張亦絢女士，巴黎第三大學電影及視聽研究所碩士，著有《晚間娛樂》、《我討厭過的大人們》等。

1 我用「無題性慾」或「無題性別」代稱、泛稱一般會稱「性少數」的概念。

推薦序

愛與傷心的高乘載——讀利文暐《日行列車》

翁禎翊

當兵的時候，我利用晚上就寢前少少的時間，一天一篇或半篇，緩慢地將《日行列車》二刷完成。也是因為這樣空白而安靜的閱讀時光，一再一再召喚回了我在台南實習的日子。我想到的一直是這樣的畫面：七人座的公務車發動，微微的引擎顫抖裡，起步駛離新營的殯儀館。車上是司機、書記官、法醫老師、檢察官老師，還有最後排座的我。沒有一個人闔上眼，也沒有人說話，大家保持適當的距離，無語地守在同一個空間裡。上了國道，窗外卻盡是台南午後晴朗的日光。

不要說看遍生死的法醫或檢察官，即便是剛出社會的小白實習生如我，也已經明白，每一刻明亮的時候，都可能都是另一群人、或另一個家，漫長黑夜的開端。我和文暐說，《日行列車》這個標題取得真好，有光的列車將要帶著讀者看到無光的所在，而無光的人物又竭盡所能地想要站到光線裡頭——這是一本幾乎每一篇，都有角色死亡的小說集。文暐作為小說家，花了非常多心力，去直視死亡，然後處理死亡。

不過其實在此之前，有很長一段時間，我是很討厭故事裡面有任何一個角色死掉的。許多人熱淚盈眶的電影，我在散場的時候，都會因為突如其來的劇情推進標配三寶（車禍、絕症、醫不好）而滿臉問號。深深懷疑，那該不會就只是國中生、高中生作文編造親人故友死亡的精緻版本，學生為的是分數，電影為的是票房。

現在想想，那樣的排斥與質疑，很可能不是編劇的問題，而是我的。我對於死亡的理解還太粗淺了，粗淺到，誤以為死亡只存在一種視角或版本。檢察官們在帶實習生的時候，往往流傳著一個說法，不同實習生體質不同，會因此讓檢察官本人不斷遇到同一種類的相驗案件。和我一起實習我的同學之中，有些人遇到的都是自殺，有些人則真的遇到不止一次凶殺案。這樣說來，那我的體質應該是車禍和獨居身亡。

當然以上「體質」之說也沒有任何證實方法，我毋寧相信自己單純就是平凡人，車禍和獨居老人離世，不過只是因為統計數字上的大宗，《日行列車》裡，許多篇幅也都是這樣的命題。而我正是因為反覆進到殯儀館裡，所以才終於洞見死亡不同的面貌。即使都是車禍、都是獨居，即使都是不告而別、都是無聲無息，但每一次所見，都不會是複製貼上。死亡伴隨而來的絕大多數固然是傷心，可是傷心之餘，活著的人還想著什麼，傷心以後，又是怎麼繼續生活，各有不同。每一場死亡，彷彿也就是安靜躺在那裡不再睜開眼的人，他們指紋的一部分或者延伸。

我在想，如果我更早讀到《日行列車》，那麼我就會更早感受到、體會到這一切。然後對生與死、對所有降臨與離去，都更敬慎而且虔誠。而文曄和我一樣年紀，他和我說，這本小說集，基本上在他碩班一年級時就大致完成了。換句話說，對於這個世界理解和洞察，他是遠遠勝過於我的。

對死是如此，對愛也是。其實整本書裡，我私心最為偏愛的全是最後幾篇嘗試感強烈的作品。〈圓柱體〉裡有男校少年、性工作者、黑道大哥三人彼此的內心需求投射，讀來會想到曾經和高中同學，一群男生，在KTV包廂大唱董事長樂團的〈愛我你會死〉，那樣的畫面有點違和但又具體說不上違和是在哪裡。〈地震〉裡有不倫戀，始於夜市，在深夜裡與一場災變同時蓬勃進行，最後見光於破曉之時，所有場景都很尋常，但只為了要講一件不尋常的事。〈香水〉裡的父親一輩子辜負了妻子、有愧於兒子，讀到一半其實很容易猜到箇中原因，可是最後，當父親終究還是親口對兒子說出一生的祕密時，讀來還是會忍不住握拳掉淚，不知道是幸福裡有遺憾，還是遺憾裡有幸福。

這幾篇大膽摸索，並且呈現了愛的不同形式。而那樣的愛，都是大器卻又節制的。我不確定小說家創造的角色，和小說家本人的人格是不是都會存在某種必然的關聯，不過我所認識的文暐，也就是那麼優雅又從容。

什麼是從容的、優雅的愛？回到最初，我是先認識文暐的女友欣純，然後才認識文暐的。所以於我而言，文暐一開始是沒有名字的，這樣的身分有個統稱，叫作「朋友的男友」。

「朋友的男友」在我過去的學生生活中，人數並不在少，可是後來在記憶裡留下來的也沒有很多。那些後來被惦記起名字的男生，回過頭想，都有個共同點：他們都是對旁人很尊重，對交往對象很體貼的人。並且同時間，把對外的尊重帶回感情關係裡，又把對內的體貼帶給外面每一個人。

曾經作為「朋友的男友」的文曄，與我第一次見到是在二〇二二年的春天。那時我剛搬到台南，在成大周邊生活已久的欣純找了我一起吃晚餐，同時帶上文曄。整個晚上欣純和我占有了大部分的說話時間，文曄只有少數時候開口。但就是在那為數不多的幾分鐘、幾句話裡，能夠明確知道，他是很認真在聽我們說話的。即便話題沒有圍繞在他身上，也和他不一定那麼相關。他能夠用自己的方式帶來一點點幽默，加熱氣氛，可是不破壞原本的節奏或打擾任何人。

過了那個晚上，文曄便從「朋友的男友」也成為了我的「朋友」。誰都希望走進自己生活裡的人，是一個支持你、希望你保有原本樣貌的人。單純而且全心全意。日後從欣純幾篇臉書貼文裡，也證實了我對於文曄這樣的認識始終無誤。欣純已經出版了兩本小說，得到許多肯定，文曄私下和我提到她，是這樣說的：欣純比我還關心我的文學生涯，她給我的助益非常之大。

聽到這樣的回應，我感覺自己能夠和朋友的男友成為朋友，和朋友的女友也是朋友，十足地溫暖而幸福。

文曄在我心中已經有了他的名字，我現在想要把這個名字也介紹給大家認識。我們兩個人都喜歡國家地理頻道的紀錄影集《空中浩劫》，每一集都是一場重大飛安事件，製片團隊會找來各方鑑識專家，解讀黑盒子，想方設法還原事發經過。文曄說他喜歡的原因是：面對傷口，才能清創。這樣的理由大致與我不約而同。

不過我沒和他提到的是，我最喜歡的是國泰航空七八〇號班機、澳洲航空七十二號班機這兩集。它們是整個系列裡，最後極少數，全員生還的航班。生還的意思是，飛機上的所有人，在結束一切後，會看盡命運的脆弱與強大，同時間依然保有愛人與被愛的能力。或許，那樣的能力，還變得比我們每個普通人都更大更強。

文曄的小說帶給我的正是如此。闔上他的小說，他本人帶給我的，也是如此。

※本文作者翁禎翊先生，著有《行星燦爛的時候》。

目次

成為弱者，穿牆而過：《日行列車》二三事／張亦絢 003
愛與傷心的高乘載——讀利文暐《日行列車》／翁禎翊 008
1. 鎖 015
2. 老菸 041
3. 雨神 065
4. 麵攤 091
5. 失語 113
6. 日行列車 121
7. 狗螺 147
8. 妖怪村 159

9. 圓柱體 177
10. 魔術師 201
11. 地震 221
12. 香水 237
後記 254

鎖

對門的鎖被挖空了，過了許久都沒有補回去。

有次我出門時，對門的阿伯剛好也要出去。從打開的門的那一小條縫隙，我看見原本家庭式的格局被隔開成許多房間。房門與房門之間，只留下一條比樓梯更狹窄的走道。門一開，菸味、汗味和不知道從何而來的臭酸味充斥樓梯間。過了一下才想起，我曾在養老院中聞過這種味道——來自一件件泛黃脫線無袖汗衫纖維中長期積累的汗漬結晶。

我不確定對面到底住了幾個人。像是今天巧遇這阿伯，頂了個光頭、四肢細瘦、腹部大得突兀，臉側還長著一顆拳頭大，不，比拳頭更大的腫塊。有時候看起來，反而像是阿伯自己夾著它不放。

他出門時，嘴上叼著一根未點燃的香菸，一直忍到一樓大門口才迫不及待地點起來。說是大門口，不過就是一扇鏽成暗紅色的小小鐵門，手一摸上會沾得滿手赭紅，有血的氣味。鎖很難開，每當鑰匙插入，再拔出來會刮出一堆氧化鐵屑。後來大家索性就只虛掩門了。

我遠遠看見腫瘤阿伯靠著鐵門，閉起眼深吸一口菸，嘴角滿意地勾起，好像那才是真正的呼吸。他離去的時候，背部沾上一整面鐵鏽。

腫瘤阿伯一走出門就被整排的衣服擋住。

隔壁賣衣服的老闆把過季品、滯銷品、折扣打到只剩成本價的俗品通通擺到鐵門外。騎樓是沒法走的。若擠出去時不慎碰到衣服，老闆會從店內衝出，手護住擺在騎樓的衣服，瞪著你，瞪著你的手，直到你離去。

我試過幾次，甚至還沒有碰到衣服，老闆就已經在門口盯住你。我想是藏在哪裡的監視器或是老闆本身具備的衣服雷達，隨時偵測。

這情況從我搬來後，一直持續到腫瘤阿伯某一次點起菸，陶醉之間菸頭劃過那排衣服，把其中一件燙出洞，差點沒連續燒上幾件。老闆衝出時，眼睛沒有了以往的銳利，而是噙滿淚水，手搗胸口，喘不過來，幾乎要斷氣（那像是他真的感受到劇烈疼痛）。

腫瘤阿伯歪頭夾著脖子上那顆大瘤若無其事離去。當老闆終於能夠站起身大聲咒罵時，阿伯早已經不知去向。

＊

對面的鎖被挖空。不是整個挖掉留下一個大空洞可以看見裡面那樣，而更像是，有誰想要打開它，失敗了，一怒之下直接把鎖頭用什麼東西拔起，或敲落，但裡面那一半還卡在上頭，堅守著住戶的隱私。

不過，這讓財伯每次出門時，總要在門前站上一會兒，不斷把門開開關關好幾回。

「奇怪，怎麼沒有？」財伯站在樓梯間，關起門，手撫下巴，沉吟良久。財伯又打開往裡看。

「有了！」他開心地說。

「怎麼沒有？」他關上門。

「有了！」他打開門。

「沒了。」他關上門，顯得洩氣。

他拉起袖子看了一下手錶。錶面玻璃碎成龜甲貌，長針與短針勉強攀在上頭，用力夾出時間。八點。上班要遲到了。他說得很大聲，好像只有這樣自己才能聽到。財伯不甘心地走下樓梯，皮鞋鞋跟叩叩叩，皮鞋前端開口笑，露出兩腳不同花色舌頭。乍看以為鞋子在唱歌，整棟樓都知道他要出門。

樓下的菜市場比財伯更早上班。財伯走出門時，叫賣聲、引擎聲、喇叭聲已經沸騰成一團，分不出彼此。財伯叩叩叩走進其中，一身西裝筆挺，融不進市場上滿路菜葉和過期報紙，就這麼表情木然地浮在上頭。

財伯緩緩游進公園，找了涼亭坐著，從公事包拿出一大本黃頁書。遠看整頁是密密麻麻小字，有次走近一點看，那是一本電話簿。

「阿財，汝擱咧揣汝的公司喔？」有時會看見腫瘤阿伯叼著菸路過，他用力吸了一口，才把香菸拿出來，一邊把菸吐向財伯臉上一邊問。

「咳……對啊，我袂記得啊……」財伯在煙霧中，看不見表情。

當我晚上回去經過公園時，財伯已經把電話簿翻了大半。等到天色暗到看不見字，他會再捲上袖子，瞇著眼睛看手錶上的長短針。啊呀！都已經八點了。他大聲說，一邊收起書。叩叩叩走回公寓，大家都知道財伯回來了。

有一天，財伯到了公園，拿出的不再是電話簿，而是另一本比較小本，攤開來卻是電話簿幾倍大。那是一本地圖。

腫瘤伯夾著那顆大瘤，像是綜藝節目裡的人用脖子夾著傳不出去的水球，沿途嘻嘻哈哈晃蕩到公園，把隔夜的麵包撕下捏成球狀餵鳥。他總要找財伯聊上兩句，看到地圖時他眼睛亮起。

「今仔日安怎換成地圖？」

「我欲揣公司佇佗位，欲安怎去。」

「按呢喔，啊你係佇佗一間公司上班？」

「我……我喔，」財伯眼神自信，似乎早為這問題準備很久，「我佇……我擱袂記啊……」那眼睛卻很快黯下。

腫瘤伯大笑。脖子上那顆球不時抽動如活物，像是隨時會有什麼東西竄出。財伯窘迫地看看天空，天還沒暗。他捲起袖子看錶，卻已經是八點。如得救般他收起地圖，跌跌撞撞往公寓跑。

隔天的七點半。啊呀！八點了。整棟樓一樣聽見財伯大喊，像是什麼事情都沒有發生過一樣。財伯又從那顆空蕩蕩的鎖頭離去。在沸騰的喧鬧街道游向公園涼亭，從包包中拿出一大本電話簿。

＊

對面的鎖在我們入住前就被敲掉了。

學校教官來檢查外宿學生的住處時皺起眉頭。

「對面都住些什麼人？」

「不知道，裡面滿多人的。」

咿——

樓下鐵門打開，腫瘤伯痞痞地晃上來。看見教官，立刻站直，手指併攏倚在眉頭。長官好！他大聲喊。教官回禮。他又恢復吊兒郎當的姿態，一抖一抖、背駝肩歪進了門，我才發現他的腳長短不一。

「你們要多注意安全一點。」教官檢查電熱水器和瓦斯桶。

「好。」

那之後，我在進門時總會在門口多看兩眼，偶爾看見對面的住戶要出去。除了財伯外，其他每個人都無視得像是鎖頭原本就應該長成這樣。

前陣子，我課後回去，看見樓下停了一輛救護車一輛警車。警車的紅色頂燈閃得人目眩，卻沒有聲音。走近才看見鐵門開著。我輕敲警車和救護車窗戶，沒有人在。

上樓後，家門是開著的，原來室友剛進門。一關起門來就聽見外頭急促的腳步聲。

「明天早上要等檢察官相驗……」剩下的就聽不清了。

看了新聞。是對門其中一間。已經很多天，被發現時床鋪吸飽水分，像海綿。再多的水就從床沿滴落，繼續被腳邊的色情雜誌吸收，把眾女體們泡得膨脹潮溼，幾乎要活起來。

對門裡面的其他住戶聞到味道，趕緊請警察來撬開房門。

這種事情往往是這樣。

後來我若在外地生重病，頭痛得快死掉，我還會特別爬到門邊把鎖轉開才又躺回床上。

這種事情誰也說不準。

「鎖上門的，都是不想被發現的。」我想起我的小學同學國銘曾跟我這麼說過。

他是那種總不鎖門的人。

連上廁所時，門都只鬆鬆地帶上，風吹就能推開。

國小剛認識他時，同學多少都會想要作弄他一下。國銘都配合著，從馬桶上跳起，手遮私處，笑罵著又把門闔上，鬆鬆地。

久而久之，這固定流程變得無趣，就沒人再去開他的門。

同學隔個兩三年便換一輪，但那個習慣留了下來。最後我們考上同一個大學，合租一間套房。

如果要翹課，國銘會閃身進廁所，我便不催他一起去上課。老師點名的話，我就傳簡訊給他，他則會在老師點到他之前衝抵教室。

Safe。然而，並不總是這麼順利。他成功抵達教室的頻率越來越低，像個日漸老邁的打者，球打得再遠也上不了壘包。

國銘的退化只在課堂。偏偏他只選會點名的課。

「被記得的感覺很好。」我記得，因為缺席過多收到教授的預警信時，他是這麼說的，接著就哭了出來。

＊

我有另一個猜測。其實鎖不是被誰挖掉、或敲掉的。而是在長期與牆壁的磕碰下才，沒錯，被撞掉的。

之所以會有這個想法，是因為我曾經看過，對門那間，除了財伯、腫瘤伯之外的另一個腳踏車伯。他出門時，會把門用力推開，迅速地把車推到門外。此時腳踏車卡住了門，也被卡在樓梯間。腳踏車伯用力拉起龍頭，騰出一隻腳把後輪往前踢，整台腳踏車順勢站起，比腳踏車伯還要高。他每一天就這樣把車弄出去。

有一天晚上，很晚，所有的交通號誌都閃起紅燈或黃燈的時候。那時我剛買好消夜，要走回那棟老公寓。無人無車大馬路上，空氣清涼，有別於南部白日天氣，熱得只能成天作夢。遠遠的，有一黑影朝向我來，伴隨著尖銳金屬摩擦聲音賣力地劃破許多夢囈的泡泡。

我先看到的是，腳踏車後拖車上堆得比我還要高的、千奇百怪的回收物，電視、不知道哪裡來的馬達、教科書、冷氣、燈座……被隨意地堆放。接著我才看見被回收物掩住的腳踏車本體，以及腳踏車上的腳踏車伯。

以這種姿態出現的腳踏車伯，我不只見過一次。

但直到那天我才認出他。

每一次看到，車上的裝備會有些許差異。

比如，有一次車上載的是別人家裡不要的鍋碗瓢盆，那車子就沿路匡噹匡噹輕快打擊樂隊；另一次，腳踏車後的拖車上頭竟堆著更多腳踏車。

乍看之下，簡直像是其他腳踏車們正貼著騎在腳踏車伯和他那輛齒輪生鏽腳踏車身上。

這樣的垃圾裝甲坦克腳踏車，半夜在無人無車昏黃燈光下巡視自己的疆域（垃圾國？腳踏車國？），汗液剛排出體外就被吹乾，天氣熱一點，從腳踏車伯臉上滴落的水分、未洗淨瓶子努力擠出的飲料殘液、偶爾跳車的瓶蓋紙張發票……沿路標出一條深色寂寞酸臭路徑。

然而，這條在地圖上隱身的路徑，很快也會不見蹤影。

事實上，我連腳踏車伯是怎麼回到家，何時才從回收物的勞役中收假的都不知道，好像他原本就在那裡。

好像他原本就應該在那裡。

＊

對門那不知道分隔成幾個房間的房間中，有一位女性住在裡面。其實我沒有見過。我是用聽的。

每一晚，她總像要劃破沉悶的夜幕般扯開嗓子尖吼。

「唉喲！唉喲！要死了……啊！」

第一晚入住時，我還跟現在的室友說，對面會不會死人？室友冷冷地回答，那感覺跟死掉沒兩樣。

什麼的感覺。我問。室友沒有回答。我了然於心地點了頭。

我沒問他什麼的感覺到底如何。

其實我真報過警。

有一次，女人如往常用最後一口氣叫完「要死了！」之後，就真的沒有聲音了，好像那真的是最後一口氣。我還把耳朵貼到對面的門板上，想要聽出裡面有無任何最細微的呼吸聲。

打完電話，沒過幾分鐘，警車已經停在樓下。

我領著警察到門口，警察看著門，猶豫了一下，才用力敲起門。有個我沒看過的男人只用毛巾圍住下體，滿臉怒氣應門。女人一邊伸懶腰邊從房門探出頭。像貓。好像先前的哀號都只是貓在叫春。

「怎樣。」

「沒有，因為太大聲了，我巡邏經過就來關心一下，沒事就好。」

我送警察下樓。警察一邊回報，邊瞪了我一眼。

我應該要反駁室友的。

真正的死掉才不會像是那樣。

應該是像之前對門那個那樣安靜，沒有人感覺得到。那樣堅定，誰也吵不醒，打不斷，連隔壁的那似殺豬的叫聲也沒辦法。而隔天太陽依舊升起。

那應該是一件這麼安靜的事情。甚至，即使門從來沒關上過，也不會有人發現。

也因此，當大家發現國銘頭套塑膠袋倒在學校廁所裡面時，已經三四天過去。學校假日人煙稀少。好幾天，那扇從未鎖起來的門，竟沒有被打開過一次。

聽說，當教官打開門，抽掉國銘頭上的塑膠袋時，他臉上有一抹淡淡的微笑，好像回到小時候翹課躲廁所。

好像這一切不過是另外一場無傷大雅的惡作劇。

*

我不知道對門裡的人在有鎖的時候怎麼過活，但那個遲遲未被填補的鎖頭，似乎讓時間無從流出，全都如死水積聚在那一個個小隔間裡。

前陣子才看到樓下停一台小發財，車斗上放了三個大行李箱，在行李箱間縫隙有個半透明塑膠袋，裡面透出藍綠紅各種顏色。袋子另一邊破了洞，可以看見布娃娃的手（腳？）跑出來。

過沒多久，另一台小發財又已經停在樓下了。

雖然總是有新的人入住，獨身一人或小家庭（即使這裡並不適合小孩子）卻鮮少，幾乎沒有看到有人搬出。

房間怎麼夠呢？難不成房間會再生出房間？

這樣算是房間的天然孳息吧（雖然一點也不天然）。房租該歸給誰？我倒是從沒看過對門的房東。

我這間的房東一年會出現一次，仲介會跟著他來。通常他會先打給我，問我要不要續租，要的話他就來簽約，看看有什麼東西需要換，請仲介幫忙聯絡水電行或鎖匠之類的。簽完名他就直奔高鐵站要回台北。

上次又一戶入住是對祖孫。她們某一天突然冒出來，卻毫無違和感地像是從很久以前就已經住在這裡。

我甚至連搬家的聲音都沒有聽到。

第一次見面，那老婆婆駝著背，手牽著約莫三五歲、身著幼稚園制服女孩。

「早安。」

「早安，您小心樓梯。」

小女孩低著頭嘟起嘴，老婆婆一邊輕拍她的頭一邊歉然地笑。

「她怕生。」

又轉過去輕輕地，低聲說：「怎麼不打招呼呢。」

我跟在她們後頭，恰好同路。經過公園，財伯早已經在涼亭下埋首黃頁找自己的公司，耳根子紅通通。我想腫瘤伯也已經調侃過他了吧。今天說的是什麼呢？

阿財，阿財！汝猶擱咧看黃書喔。我猜。

其實我不是很喜歡腫瘤伯的行為，畢竟我不覺得在公園裡看黃頁有什麼好笑。公司行號、當鋪錢莊、學校圖書館社福機構……整個城市都在裡面。

我幾乎是從黃頁開始指認這座城市的。

以前認字少，常常一個字一個字念過去，念對念錯都不管，更別說字義。黃頁當四書五經在讀。不求甚解，直至會意。

不過總有一處不懂。那是當鋪廣告上出現的。分期車可借之類的字樣。那時還沒辦法區分借字跟借字，每每看到便想，有什麼好可惜的呢？

沒多久我就能分辨了。

原來從一開始就沒什麼好可惜的。

但這樣反倒讓人有些哀傷。

我跟在她們後頭，發現小女孩去上課之前，會在公園溜滑梯玩上兩趟。

「他在幹嘛？」小女孩發現了財伯，開口問阿嬤。

「他在找。」

「找什麼？」

「不知道，問問他好嗎？」

「可是他看起來很忙。」

「那怎麼辦。」

「我們先在旁邊看一下好了。」小女孩踮起腳尖，想要看出書頁上密密麻麻如蒼蠅到底寫了什麼字。

「如果他一直找不到呢？」老婆婆扶著小女孩的腰，「你還要去上課耶。」

「沒關係啊，」小女孩圓睜著清澈的眼望向老婆婆，「如果找到了，他還會在這裡嗎？」

「找到的話，應該就不會了吧。」

「那他會去哪？」

「去他該去的地方。」

財伯聽到她們的對話，抬起頭來，紳士地點了點頭，又回到黃頁裡。

「那他已經在了吧。」

財伯似乎聽到了。頭依舊低著，身體慢慢越縮越小，肩膀不時抽動。

*

也是對門的住戶，那天看見一位大嬸在公園餵鴿子。

公園鴿子多，被餵久了，便不怕人。小孩子跑過去用力踩地板大叫，那鳥群也就是緩緩散開。小孩子一走，又慢悠悠地聚回一團。

鴿子不怕人，倒是大嬸緊張得很。小朋友用力踩地板嚇鳥，大嬸也用力踩地板，張開手護著鴿群，低聲呼呼要把小孩趕走。

記得小學時，教室在操場邊，操場中間總會有幾條野狗躺著曬太陽。吃完早餐，同學們便會吆喝著拿石頭，對著野狗大喊、丟石頭，引狗追來。

野狗瞬地彈起，朝我們狂吠狂奔。

我們也跟著起跑，衝回教室關上門，讓狗在外面吠。

其實我聽不見吠聲。心臟重擊胸腔碰碰碰，耳朵被震得暫時聾了。

那時每隔幾天就要去感受一下腎上腺素帶來的歡愉。

有一次我們又去鬧狗，狗也不跑，只是看著我們，眼神悲哀。我們像是突然醒來，再也沒人提議要玩狗追人的遊戲。

大嬸比鳥好玩，後來小孩子全都衝著大嬸來。大嬸也就愣愣地一次一次趕走他們。呼！呼！呼！孩子們卻都圍得更靠近，然後一哄而散。

久了沒趣。連鴿子也打盹。

更久以後，又只剩下大嬸一個人在餵鴿子。

財伯找黃頁找累了，會坐到大嬸邊一起撒米。餵久了，地上全是米粒和麵包屑。鴿子還沒吃完，人又撒了新的。

大嬸撒的食物越來越多種，似乎要實驗哪一種食物才能讓鴿子留得最久。有次路過，我看見草叢裡躺著一攤麵條，另一次是一坨嘔吐物。

大嬸為每一隻鴿子命名。財伯當然記不起來，也無從分辨。那些名字只對大嬸有意義。

甚至對鴿子本身，那都只是一連串的音節而已。鴿子只知道低頭啄米。對於麵條和嘔吐物，則是瞥都不瞥一眼。

腫瘤伯往往把機車直接騎進公園。轟轟引擎聲，灰濁濁汙氣從排氣管不住吐出。他不喜歡熄火，好像怕熄了火就發不動。

車隨遇隨停，感覺對了就停下來。

沒人喜歡廢氣味道，紛紛摀鼻走避。腫瘤伯喜歡這感覺。

財伯走不了，下班時間還沒到，只能忍著。大嬸則是離不開鴿子。

腫瘤伯停下車，找財伯要講話。財伯放下手邊工作敷衍他。果然腫瘤伯又要作弄財伯。

財伯又尷尬地看看手錶。八點了。得救似地逃離公園。

腫瘤伯滿意地看著財伯的背影。騎上機車，往鴿子大嬸的鴿群騎去，一面用力催油門，一面按喇叭。

大嬸伸手要護住鴿子。腫瘤伯油門催得更大力。

鴿子突然都醒過來，成群飛走。幾根羽毛輕緩飄落。

大嬸跪在地上摀住臉，語氣帶淚。

「兒子啊！」她喊。一口氣差點換不過來。

腫瘤伯看見鴿子大嬸的模樣，抓抓後腦勺，什麼話也沒說就騎車離去。

*

我之所以知道那位大嬸住在對門，並開始注意她，是因為看見她進門時，總會先把鑰匙插進那空蕩蕩的鎖頭，接著用力地轉啊挖啊，像要從裡面掏出些什麼一樣。但其實鑰匙根本插不進去。頂到裡面的那一半就卡住了，怎麼戳也戳不進。

每一次進門，就這樣白費力氣直到有人開門為止。這幢公寓的住戶也都習慣，只要路過看見大嬸，就會直接幫她把門拉開。

如果等得太久都沒有人路過，大嬸就會到樓下去玩夾娃娃機。回來的人經過夾娃娃機，往內瞄兩眼，看見大嬸，就喊她上樓，幫她開門。

尤其是財伯，跟她特別要好。同病相憐。也不是什麼大問題，就一個壞掉的鎖，但人生好像就因此被拒於什麼之外。

沒有人知道大嬸發生過什麼事情，只知道路過公園時要小心，別讓鴿群飛走，否則大嬸又要哭到聲嘶力竭。

這陣子夾娃娃機台數量陡增，我家樓下就租人擺機台了。坐在手推車裡吵著要強化玻璃後的絨毛玩偶的嬰兒、趁著工地午休渾身水泥灰趕來抓幾個盒裝公仔回去的工人、公司制服還沒脫下就來看機台裡的商品的上班族、老婆婆帶著孫女……以及那位大嬸。

我也會去玩，不過不習慣被盯著，就都趁凌晨兩三點到樓下去。那個時段除了幾個高手外，不會有其他人，久了也都能聊上兩句，交流技巧。

有時換上幾張大鈔，有時候把皮夾裡的零錢投完就停手。

這種事情並不是花了錢就有收穫。有時候感覺這樣只是無意義地使用金錢，便會暗自發誓絕對不再玩（或許那根本不叫使用，像是把硬幣丟進許願池，卻什麼也收不回來）。

但經過時往往會進去看個兩眼，離去時身上零錢又沒了。

直到某一次，同個時段，我看見大嬸手上拿著錢包，一臉喜孜孜走進來，換了幾百塊的銅板，看準某一台就開始投幣。大嬸玩我背後那台，我只聽得硬幣不斷被丟進去的聲音，以及大嬸用力過猛發出的呻吟。

「你夾了多少？」她突然走到我旁邊。

「就這幾盒啊。」我指著桌上疊起來的盒子。

大嬸也不回我，就擺著那個表情回去繼續玩。我轉頭，這才看見大嬸的夾法。

她把硬幣放進投幣口。手握搖桿控制爪子方向。爪子移動瞄準目標布娃娃上。大嬸按下取物鈕。一開始一切正常，但那取物鈕似乎啟動了爪子以外的開關。

我看見大嬸兩手抓緊搖桿，身體彎成ㄑ字形，腳作為支點抵住機器底部，把搖桿用力扳向洞口的方向，發出痛苦的呼吸聲。

她真是用盡全身力氣，固定在牆面的機台也微微傾斜。

大嬸把身上的錢都投完之後，看著我，悠悠地嘆了一口氣。

「夾不出來。」苦笑。

夾娃娃機只要按下取物鈕，搖桿就不會再作用。但我後來還是沒有跟她說這件事。

「下次再試試看，」我也看著她苦笑，直到她的手終於依依不捨地移離搖桿，「來，我幫你開門。」

＊

這個習慣不知道從什麼時候開始的。

聽到腳踏車伯從那扇鎖被挖空的門乒乒乓乓離去後，我會跟著出門。並不跟著腳踏車伯走，就只是附近晃晃。

後來看到什麼特立獨行之人，便會想著那是不是也住在對門裡。有時候想到以前的事情，我便到門口檢查一下鎖還在不在，好像並不是因為鎖掉了所以人才變得奇怪，而是因為本身就怪怪的，所以鎖留不住。

當然不是。

不過我每次看到機車停車場那人，總會這樣想。

深夜路過停車場，不一定會看到那人，但有很大的機率他會在。穿深色連帽外套和長褲，頭用帽子蓋著。

腫瘤伯也常這副打扮。不過那人脖子上並沒有凸出一塊球體。

第一次見到他時，我緊盯著他快步走過。兩三次之後就會停下看他在做什麼。

其實他是沒辦法發現我的。他在燈下被一覽無遺，我則處於窺探的位置和視線。對於自己的位置，他沒有選擇。

雖然停車場有燈，但是光束太集中，那燈照下來讓深色的部分顏色更深，更看不清楚。

我試著走近一些，但不敢太近。靠得太近會被發現。

我好一陣子沒辦法知道他在停車場是要打手槍射精在別人椅墊上，或是像附近的流浪狗撒輪胎一泡熱燙的尿，或者根本只是站在那兒盯著不知道哪裡在發呆。

我猜他應該能跟財伯成為好朋友。

也許過去（那應該是財伯還記得自己的工作時），他便是在目前的位置受腫瘤伯（或是另一個類似腫瘤伯存在的男人）的路過調侃，直至不堪其擾，才被驅趕至這個時間。

也許他原本就是在這找自己的機車。只是在找機車而已。

好幾天過去，我才終於發現，他在停車場把那些沒有立中柱的車子立起來。早上刻意路過，被立起的都是些報廢車。

待報廢的車子常常就隨意倒著疊在燈下、樹下、牆邊。他就一台一台扶起。側柱在倒車磕碰的過程中往往壞了，一根鬆鬆的如失能性器掛在車側，隨風搖曳。

即便立起了，也只是表面上站穩。若旁邊有人在移車時，碰到就又倒掉。一倒掉他晚上就又去扶起。

他每天深夜就在停車場裡，往復扶起那些倒掉的、被遺棄的、早就報廢不該出現在此處占用車位的機車們。

＊

那讓我想起，前些天在街口的便利商店外，有另一個中年男子，似乎是喝醉了，指著路人就是一陣質問。

「你們除了交配跟繁殖還會什麼！」

「你們除了交配跟繁殖還會什麼？」我說給室友聽。

「先生……實際上，我連交配跟繁殖都不會。」室友一臉嚴正地說，還是忍不住笑場。

我突然為那位中年男子感到一股奇異的悲哀。

便利商店的燈，在寒流襲來的暗巷顯得特別暖。有個不具名的男子認真地頂著寒風，試圖得到某些答案。

想起這個場景，我忍不住要為他辯護。

我看過對門的「要死了」阿姨，攙伴走過男子時，對他啐了一口。

男子語塞，一臉受傷地望著阿姨。

國小時某一堂課，老師要我們把自己對音樂的感受畫在紙上。

其他人低頭塗塗改改，認真得似乎根本沒聽到音樂。畫紙上都是藍天、白雲、山丘、花草、河流、房子……音樂還沒播完，他們已經準備繳出作業。

老師在講台上收取作業，會順便給予同學鼓勵。你畫得很好喔、很不錯、很認真、大家都很認真在做作業喔。老師的聲音被音樂蓋住。

我閉著眼睛，手隨著樂曲起伏、節奏緊湊或舒緩，在畫紙上留下長長的、或尖銳的、或圓滑延伸的線條。樂曲結束，我睜開眼睛看著凌亂的畫紙，內心感到滿足。

這習慣我花了很久才改掉。我在做什麼功課或考試時，會在腦袋裡面模擬老師看到我的答案和作業時驚為天人的畫面。

於是國小的我便無法理解，為什麼老師看了我的巨作，會氣到耳根發紅。

「你到底在幹嘛？」老師用力拍桌，畫紙的線條被手壓得糊掉。

我想那時候我的表情跟那位不斷質問他人的男子一模一樣。

老師的手上有紅色的蠟筆顏料，從我的作品上沾來的。

「我沒有亂畫，」我想哭卻哭不出來，「我哪裡亂畫啊！」

「你除了亂畫作業，你還會什麼。」

後來，即使是學畫，我也不學兒童畫。國小就開始學素描。在滿是準備應考美術班的國中生的教室裡跟大家一起練習。

光是不同方向不同形狀的線條，就畫了百來張、百來條的明度尺。幾百張的立方體、蘋果、檸檬、酒瓶……在學畫的最後那段時間裡，畫室裡的靜物，我不用看著也能畫出來。

「我只會畫素描。」每當美術課要交作業，我就拿一張在畫室完成的習作交出去。

「很不錯啊，不過怎麼都畫靜物呢？」

「我只會畫素描。」

最後，我是真的只會畫素描。

開始準備升學考試之後，便停掉畫室的課，偶爾才去一趟跟老師敘敘舊。

我發現我已經不會畫圖了。

只有在畫室裡才能好好掌握那些工具。

「我不會畫圖。」終於輪到我被吼著問。你會什麼。男子指著我。我停下腳步的時後他反而嚇到，好像沒有期待過別人停下來回答他。

「我什麼都不會，我不會畫圖了。」我不知道為什麼，就在巷口哭了出來。

*

我在這住得不久。一直到搬離之前，那鎖都沒有裝回去。我想是不會再裝上去了。

我仍不知道對門的任一個人的名字，最多只跟那對祖孫說過話，不過她們很快就又搬走了，快得好像她們根本是誤闖了。

我只看過那一家搬走而已。

而且很快，那對祖孫又搬了回來。毫不突兀地又融回這裡的生活。像是從來沒有離開過那樣。

那更像是時間從來沒有前進。

財伯一樣每天被腫瘤伯調侃，在看了手錶之後得救離去。鴿子嬸每日守護鴿兒子群作戰。夾娃娃嬸一樣開不了門，也夾不到娃娃。立機車中柱的男人每天深夜立著同一群機車的中柱。便利商店旁的怪人也反覆以同個問句質問路人……

在這裡沒有人會被時差拋下。或者，沒有人能夠離去。

我想起國銘。接著又想起那扇鎖不上的門。想起財伯、腫瘤伯、鴿子嬸、徒勞用力的夾娃娃嬸、幫別人立中柱的男子……那群像是被關在某個無有出口之密室的人，連時間也跟著遲緩停滯。

每天早上出門遇到那對祖孫，小女孩臉上總掛著同一彎笑容，淺淺的。再也離不去了。像是誰的惡作劇。

老菸

手機

最近天冷，樹葉枯黃，金黃的紙張在圓形開口的爐子裡燒得火紅。

老菸守在爐子邊，食指中指夾著一根菸，前端掛著一大段煙灰，無有其他著力點就這麼直挺挺掛在上頭。

老菸哈出一團白氣，像天冷時常可見街上的孩童哈著氣玩。從他嘴裡出來的，卻已非那些個孩童哈出的那樣純粹——水和二氧化碳。根據那些支持政府把禁菸區越設越大的公益團體的資料，老菸嘴裡的那口氣至少有七千種化學物質。

老菸眼前，約莫十步距離，爐子裡的火焰也正用力咀嚼紙錢，大口大口噴出燻眼的煙霧。一群人不畏熱氣撲面，沿著從爐子中漫漫湧出的窒息熱潮逆溯至最靠近爐口而不被火舌舔到的位置，向裡面丟進更多金黃的紙。火焰燒得更烈更紅。

他正準備休息，空氣突然鼓譟起來。火焰更旺，轟轟轟不住噴吐了如雪花的燒過了的紙錢灰屑。爐子裡的紙錢一邊跳舞，一邊變黑，最後剩下餘燼。還沒等到火焰熄平，那群人就已經走了。一旁豎靈室裡的桌子上還擺著往生者的照片，以及照片前的水果、飯菜、線香、鮮花。

這樣是違規的，但老菸總會把那些飯菜收起來吃掉。一天兩次，早餐和晚餐。久而久之，大家都以為老菸本來就是殯儀館的人。或者，老菸先於殯儀館就已經在那邊了，殯儀館的工作人員也就睜一隻眼閉一隻眼。

老菸身上的衣服都是二手。長年坐在金爐旁，衣服被燻上一層碳粉，黑到能夠反光，看不出牌子了。有些破洞，形狀不一，邊緣燒焦，那是被噴濺的火花吮開的。老菸吸著金爐吐出的二手煙。飯菜也是二手。

真正全新的只有手上那根菸。這個白白短短的、在一張小小的紙上捲進幾十種成分、那幾十種成分在燃燒過後產生四千種以上化合物的香菸（其實一點也不香），點燃之後的氣體被用力吸進肺裡面，與每一顆肺泡細細品味充分交換之後又被吐出來。

「長壽十號。」老菸對便利商店店員說。

店員熟練地轉身，上掀櫃子門，找到指定菸品。整個過程不到三秒鐘。那三秒之間老菸手沒閒著，摸起櫃檯上促銷的巧克力。久了之後，他一進門，店員就準備轉身拿長壽十號菸。買菸的時間卻沒有因此縮短，反而感覺越來越漫長。

他們之間說了什麼，其實連他們自己都記不太得。就只是需要一些話聲填起空白時間的大片縫隙。填起來，就好像同樣的時間短了一些。

其實就連老菸有沒有真的說話，他自己都不太記得。他真正說出來的只有「長壽十號」這四個字。說久了那反而不像是一種話語，而是手勢之類的。後來他甚至連那句話都不用說。

老菸坐在金爐邊的時候，也都是靠著其他人的，比如吵架聲，比如哭聲、千遍一律的誦經聲（那是從爐香讚唱起：爐香乍爇。法界蒙薰……諸佛現全身。南無香雲蓋菩薩摩訶薩），來填補大部分的時間。

大部分的時間裡，老菸自己是不會出聲的。

如影子，好像隨時都在，但不會有誰真的去注意影子。

入夜後走廊燈光明滅，老菸走去廁所時如定格動畫主角，每一次燈亮起都更向前進一格動作，連呼吸也跟著燈光亮暗節奏進行。

燈光明滅之間場景轉換，老菸從走廊到廁所，或是走廊到了另一條走廊，或走到了誰的靈堂前。他記得有次看到年輕學生，照片裡還能看得到白色學生制服的領子，白白淨淨的，終日受線香燻染竟無灰黃跡象。學生照片的上面是西方三聖接引圖，阿彌陀佛立於中，左右分別是觀世音菩薩和大勢至菩薩。

佛堂無人，念佛機還繼續播放，在空蕩蕩的靈堂裡迴響不絕。靈堂前擺了一排蒲團，蒲團中心些微凹陷。念佛機播得越久，蒲團就越凹下去，像是機器所念誦的經文都沉甸甸地留在這裡。

老菸不信邪。天氣一冷，晚上就直接睡在豎靈室中。那房間中牆壁長期受線香煙燻成土黃色。兩側各有一排及胸矮櫃相對，櫃子頂被隔出一格一格，作為那些無有能力負擔靈堂費用之人的牌位所在。其中一格放有照片，照片左右各擺一束鮮花，前面一個牌位和小香爐。家屬照三餐來上香，到了晚上通常燒得只剩下香腳，孤零零的幾枝插在上頭。

室內無風，很溫暖。寒冬夜裡，只消無風處皆成睡鋪。

老菸也曾經睡在納骨塔裡面。一排排高及天花板櫃子，規則地畫出一格一格位置，每一格上面都有一個小型阿彌陀佛金身，有個小牌子寫著名字。他記得那天大清早就有一家人來看塔位，選好方位，其中一人突然開始打嗝打哈欠。

「大哥跟著我來了。」打嗝那人說，打著不知其義的手印。

「那讓大哥自己選吧。」另一人說。

老菸從櫃子一旁探身竊看。只見打嗝那人閉上眼，在幾個候選塔位前緩緩左右移動。那種移動很快就被某種具有決定性但肉眼不可見的力量制止。那人眼睛仍是閉著的，停下腳步，慢慢打開他面前塔位的櫃門。

「那號碼……是他女兒的生日……」

「天啊……好玄……」同行的人低聲說。

就連老菸也不得不信，或許真有一些什麼與他共處一空間之中。

此時，不知道是誰的手機響起，大家如被下咒同時開始翻口袋翻包包，找那響鈴的手機。那段鈴聲又響了兩回才停下，連老菸都忍不住翻起自己口袋。卻沒人找著自己的手機，所有的手機離奇消失。鈴聲熄滅後又過一小段時間，大家才終於在口袋或包包裡找到自己的手機。

沒有一支手機有未接來電。

實際上，根本沒有一支手機的鈴聲，與剛才響起的聲音相同。那群人面面相覷。明明知道不是自己的手機鈴聲，卻緊張地翻找起自己手機。

「那麼，那到底是誰的呢？或者，那是什麼？」

「那是……那是大哥的手機鈴聲。」

眼睛

在老菸還不是老菸的時候（姑且稱之為小菸，當然那時他也還不會抽菸），與家人搭火車出遊，那是他第一次見到自動剪票的機器。從一端把票卡塞進那小縫，不到一秒鐘時間票卡就會從另一邊的小縫出來，上面已經打出一個小洞。

「那裡面是什麼？」小菸拉著父親的衣角問。

「裡面是人。」父親心不在焉地拿起票卡往前走。「一個剪票機裡面就是一個人，你有感覺到票被吸進去吧，那是被裡面的人抽走的。機器裡面的剪票員很快地把票卡打洞，從另一邊推出來。」

後來小菸只要有機會搭火車，到剪票口時他必定朝著剪票機裡面狠狠盯著，想要看出裡面的站務員。人多時，輪到他要放票卡時，也會故意遲零點幾秒鐘，讓剪票機裡面的票務員多休息一下。時間一久，那黑色方形機器裡面似乎真的有個誰不斷機械式地抽走票卡、打洞、從另一邊推出票卡。

一直到某一天，他真的在裡面，在那票卡被抽走的瞬間，在那瞬間出現的不完全黑暗的空隙中，看見一雙眼睛，回看他了一眼。

小菸那天回家之後生了一場大病。

「一定是惹到什麼髒東西。」他的父親說。

「剪票機裡面真的有人。」

「小孩子別亂說話，剪票機裡面怎麼可能會有人。」

他被帶去收驚。後來就再也沒看到過剪票機裡面的眼睛。但習慣留了下來，只要他要進站，都會下意識瞥那吸入票卡的縫隙一眼。他就跟所有曾經相信聖誕老人存在的孩子一樣，那種相信輕易地被大人的一句話所擊潰。剪票機裡面沒有人，從來都沒有。

在小菸慢慢成為老菸的過程中，他看過很多次剪票機，瞥過很多縫隙。大門的，窗戶的，裙子的，牆壁的……他看過很多縫隙裡的人，甚至看過火車站的售票機伸出一隻活生生的手，似乎正維修著那台售票機械的某個部分。但每一個都能夠被確定是人，沒有一個像是當時他看見的那雙眼睛這麼曖昧不明，游移於現實與異度之間。

好像他在父親的一句話後，又或是那收驚儀式中的某一個環節，道姑念咒時、畫符時，在某個環節發生之時，就無從覺察地長大了。長大了，就再也看不見那些眼睛。

除了另外一次。

多年後的一個午後，已經就讀高中的小菸接起手機。

「禮拜六是魚的公祭，你要來嗎？」電話另一頭是國中的好友。

「魚……魚的嗎……嗯……好。」

「燒炭走的。」朋友說完這一句就掛電話。

關於那場公祭的細節，老菸現在都記得不很清楚了，只能約略說出，那天一大早他就到國中母校的門口等。等到同學一個一個出現，他才知道原來要去的不只他，還有其他人。有件事情很神奇，只要曾經一同度過某段時間的人們聚在一起，就能夠順利重回到「那個時刻」去。

小菸和那群昔日同窗一碰面，就好像回到那已經過去很久的某一段時間中。好像，大夥在當時道別之時，偷偷拆拔下了時光布景的某個部分，只有再次集齊那些破碎的瓦楞紙板、保麗龍方塊，或幾個當時不翼而飛的字又從誰的口袋掉出來，那場景才終於七零八落被拼貼起來。

「你記得，那個時候威哥曾經被堵在校門口嗎？」

「記得啊。那是因為他半夜打電話叫興哥起床，隔天興哥就帶了一群人在校門口等他。」

話說，很久沒見到興哥了。」

「興哥不是一畢業就去大陸了嗎？」

「對耶，你還有跟他聯絡嗎？」

「沒啊。」

……你們還記不記得……好像是……

這一幅年代久遠而一些無關緊要細節早已亡佚的時光拼圖。

他們一行人集合完畢前往會場，時間恰好，小菸一進會場就見台上不知道是魚的誰，正流利地念著故人生平。這流程很快就結束了。

同行的幾個人哭了起來，在那其實並不長的，像是同學們上台報告照著螢幕上的字念完並且迅速跳過投影片（甚至沒有投影片）的生平之間。

在他們座位的另一區是魚的高中同學，在那群高中同學後面的是軍中的同梯（原來魚早就當完兵了？），再接著是打工的同事……

一個不過高中方畢業未進大學之人何以有此種排場？小菸想，莫非魚根本未如他人所述燒炭？而這一切僅僅是一場眾人大手筆精心設計不知道要驚嚇誰的惡作劇實境秀（此時他環顧是否有隱藏攝影機）？也許在瞻仰遺容的時候就會突然跳起來大笑，哈哈，被騙了？也許是為了慶祝某個嚴格但大家皆對其敬愛有加的師長生日而串通好的騙局？也許……

小菸等待瞻仰遺容，列隊很長。每個人手上捧一紙蓮花，小菸排在舊識之間，連一句話都說不出來。前方簾幕後面傳來老師的罵聲。

「你怎麼這麼蠢啊！」他咬牙切齒。

「你……你……」

魚……為什麼……怎麼會……你怎麼……難道……

成堆的無效問句。

輪到小菸時，他呆立了一下。

那張睡臉平和，白白淨淨，五官清秀，比起生前更加乾淨好看。

小菸想：你……裡面還有人嗎？老菸把手上的蓮花輕輕放進棺木。

在剎那間，老菸看見那雙眼睛了，從上下眼瞼微微睜開的些許隙縫中。就像幼時經過的剪票機裡面的那雙一樣，曖昧不明，生死界線模糊。

那眼睛轉了轉，對焦在小菸身上。待小菸回神，那對眼瞼又重新闔攏，整個過程只經過不到一秒。有一瞬間，小菸以為魚真要跳起來了。當然沒有。小菸沒把看到的事情跟別人說。

蓋棺出殯時大家在會場外迴避。背對著棺木，直到棺木被推上靈車。往後的日子裡小菸再沒看到過那眼睛。而直到多年以後，每當老菸想起那雙眼睛來，都會覺得懷念。

機車上的母親

老菸過去常騎機車載母親出門。

母親身材比老菸小一截，每每要載母親出門，母親總窩在老菸身前，老菸的雙手環過母親的身子握住機車龍頭。老人家易疲累，機車路上走著，空中日頭還沒走過一個刻度，母親已經整個人越縮越小，頭隨機車經過柏油路坑洞有節奏顛震。沿路上，她哼著歌，他則聽歌聲音量大小判斷母親精神好壞。

「阿母！阿母！麥睏啊啦！」老菸騎車騎到一半，母親歌聲漸弱至停，他還得騰出左手拍醒母親。日光撒下，他和母親的身影打在柏油路面上，看起來像是個大人載著孩子。母親睡得更沉一點的話，那影子就會蜷曲起來如沉睡的幼獸，微弱地起伏。

老菸想起小時候也是這樣。小菸站在踏墊上，媽媽在後面哼歌。某段時間小菸迅速抽高，影子茁長，終於擋住母親視線時，小菸就換坐到椅墊上從後面環住母親的腰。天冷時把手伸進母親外套口袋，每次把手從母親外套口袋抽出時，小菸總會有種身體的一部分又從那溼暖陰道重新出生一次的錯覺。

母親載小菸上學途中，沿路招牌大小顏色字體無一重複。小兒科診所、補習班、滷肉飯、五金行、藥局、骨科、金紙行……

這條路走到記起來了。小菸從小走到大，有時候同一條路走久了，還會有人在停紅燈時向著他們打招呼。

「怎麼不叫阿姨呢？」母親這樣說的時候，小菸還要多見面幾次才能喊得出口。光打招呼就覺得窘迫彆扭，要說上幾句話更不可能的。路上見人就打招呼聊天，那已經是上個世代的事情。

小菸升上高中後，到市中心讀書。搭火車上學三年途中，認識了幾個同車廂的，同校同學、一個保險業務叔叔還有另一個銀行阿姨，在月台見到會點頭問好。

當小菸能夠順利認出所有在這條路上會出現的叔叔伯伯阿姨婆婆，並且向他們一一打招呼，已經是他能夠獨自騎著機車去上班的年紀了。

「剛那個是誰？」母親突然開口問。

一開始他還以為只是母親太久沒跟著他走那條路，生疏了，像是走進某個許久未經的巷弄，對某一個盆栽起疑那樣。那是阿姨啊，那個是在銀行上班的叔叔啊，那是國小圖書館的志工媽媽……

是從哪一天開始的？老菸也記不清了，只知道那天的天空好像比平常更灰一點，雲溶成灰撲撲一整片，不若以往清晰銳利，連偶爾露出的藍色內裡，都像發霉的天藍陳年褪色布料。母親是記不得那一天的了。

「就是之前上學，哩咁知，那個阿叔啊。」

那像是用竹簍打水，沿路滴灑，在路途中就會全部漏光，一開始還能看到地面水痕，後來乾掉，走過哪裡都了無痕跡。老菸想起常在診所裡看到的頭骨的圖譜，上面總是有些裂縫，無從填補。這是人類這物種的先天記憶缺陷，註定在容量滿溢時從那龜裂流出。

然而流灑出去的水是收不回的。

但老菸不知道，那置於充滿裂縫破碗狀腦蓋骨的內容物，竟會灑得一滴也不剩。連在碗底最底最底，幾乎是跟碗壁直接吸附住的，也在坑坑疤疤柏油路上被狠狠地全部甩出。

是喔……啊……哩係誰？

某一天，母親小心翼翼地說出這一句，眼神畏縮。

「我喔……我……」

我係後生啦。

哩係誰？

我……我係後生……嗎？

母親無心的問句，在老菸耳裡聽起來卻成了尖銳的質問。真的嗎？真的是兒子？你能確定？如何確定？你真能確定記憶無誤，從而在時間軸上指認那母親與你共度過的所有時空區間？

問過幾次之後，母親似乎也習慣被一個陌生人載著到處跑。習慣在老菸吆喝幾聲後，動作遲緩近乎用爬的爬上機車，臀部被一小塊椅墊撐著，手扶儀表面板，整個人縮在龍頭與老菸之間的腳踏墊上。

那記憶的儲存點，如今空空如也。

老菸想起自己曾經看過這個景象：鄰居往生後，留下一條大土狗。鄰居的兒子回來牽鄰居留下的機車，老菸正準備出門，在一旁看著，打了招呼。大土狗一見機車發動，也不管駕駛是誰，就直接跳上機車坐好，看向鄰居的兒子開心地吠了起來。

老菸看著那一幕流下眼淚，卻記不得為何而流。好像某一天突然讀取多年以前玩的遊戲的紀錄檔，忘記劇情，卻仍知道應該要怎麼繼續前進。老菸呆立在路邊，日頭赤烈，目眩之中，有種錯覺，好像那條狗跳上的其實是自己的機車踏墊，從而踩踏隱藏按鈕，讀取開啟了這份記憶。

那天，一切如同往常無異狀，老菸載著母親出門，沒有特別的目的地，晃到附近的學校再晃回家。母親的頭照常打著節奏。老菸把母親拍醒，母親繼續哼歌。那是一首毫無旋律的歌，每一次哼出來都不一樣，從頭到尾無一處重複，亦無有任何相關。歌停了老菸就把母親拍醒。就這麼一直拍，直到怎麼拍都拍不出歌聲，如壞掉音箱。

「阿母，汝連唱歌都袂記得喔。」

機車則到了校門口才慢下，還沒停妥，就被警察攔住。警察拍拍母親肩膀，食指和中指伸到母親鼻下，又把同兩隻手指頭按住手腕動脈位置。

「先生……這……這是您的母親嗎？你先叫救護車，快！」警察皺起眉頭對一旁年紀明顯小一輪的小員警說，又重複檢查呼吸跟脈搏的動作，才繼續問：「你知道……」

母親連呼吸也不記得了。

葬禮

母親後事繁瑣，好險有群禮儀公司業者已經守在急診室外。老菸方踏出急診室，他們就群湧而來遞上名片。

「我……我沒有錢可以辦這些事情。」老菸訥訥地說。

那群人散去後，只有一個人留下來。

「先生你好，接下來有很多事情很多流程需要走完，如果有我幫得上忙的地方請儘管告訴我。」那人合掌走向老菸，聲調低沉，中廣身材，五分頭，細看可見白頭髮，穿一件純色無花紋 polo 衫、深色防風夾克、西裝褲和黑色運動鞋。

「可是我沒有錢。」

「沒關係，我們會幫忙申請政府的補助，但要請你先跟我說明令堂的情況，有沒有保險啊，或是什麼中低收入戶證明。」那人從皮夾中抽出名片，說：「你叫我慶仔就好。」

接著就是一連串令人暈頭轉向的程序。

慶仔說，屍體先要送殯儀館凍起來，我們去辦完進館，你再到警察局做筆錄，隔天檢察官會來相驗……接著豎靈、拜飯、頭七、入殮、出殯。

老菸只聽得前面，忘了後面，慶仔整理一份流程表交給老菸，上面寫有法事的日期、要辦的程序以及各種會用到的物事。

那天以後，老菸成天晃蕩。早上出門拜飯，換臉盆的水，洗毛巾，擠牙膏，上香，燒紙錢。接著離開，等待下午的拜飯。中間的空檔，就在那條路上來回地騎。

夏季，每一天的日頭都跟那天一樣熱烈。遠方的柏油路面因為熱氣變得不穩定而扭曲，好像那其實是與另一個時空間相接之處，經過那處就能夠回到也許幾天前、幾年前的夏天。

老菸想。但幾天、幾年的時間尺度太小了，小到難以比對、發現任何不同。沒有什麼不同，就好像，這些時間以來，什麼事情都沒有發生過。

老菸在路上，騎著50ｃｃ小綿羊機車，右手使力轉動油門，透過管線連接催逼半死不活的引擎，隱約可以聽見齒輪箱中皮帶脆化拍擊鐵箱蓋啪啪啪，以及鬆脫的龍頭蓋僅靠著一側螺絲固定，另一側開出一小縫，騎車顛簸會不斷與儀表板蓋喀啦喀啦碰撞。不知道機車什麼時候會壞，但也只能繼續往復來回騎下去。

老菸晃蕩在那條熟知於心的路。白天騎車看天空，夜晚出來晃蕩，也就乾脆閉上眼。閉上眼，好像就回到過去。回到過去的方法，除了拼起當時的場景外，直接去掉場景也是一個辦法。只留下空間，從而在這空間中曾經發生過的所有事，以及那些有所連結的身影，皆會慢慢、同時浮現，不受時間軸介入，終於得以齊聚一堂。

老菸閉上眼睛後，聽覺敏銳程度隨之提升。他聽飆車族呼嘯而過，有人會改裝機車在小小車身上置入一重低音喇叭，沿路低音蹦蹦蹦，短暫吊走那些懸掛在夜裡的微弱脈搏。重低音音場蓋過風聲、居民罵聲、自己的呼吸聲……有時機車尾還會插上幾根國旗，年紀小的插美國、法國、德國、義大利、日本……年紀大一點，尤其是當過兵的，就會插上中華民國國旗。

有次老菸聽周圍引擎聲比平常大得多，一睜開眼，發現自己已經被飆車族包圍住。那各式國旗飄揚在車尾，被另一車的頭燈照著根本看不清顏色，只能看出直的切兩畫，或橫的兩畫，或中間一個圓的……

活脫異國街道上的暗夜嘉年華。

但老菸很清楚，那不過是一條充斥著異國符號的街路罷了。那條路還在的。

飆車族也不真的做些什麼，只是大聲吆喝，眾人揮手、展示機車塗裝，孔雀爭豔，朝向虛構的群眾。老菸身在其中，也感到飄飄然，隨其他人一起揮手，最後喊得比誰都大聲。

一直要等到那群飆車族加速離去，老菸的小綠牌車被甩在後頭，老菸才發現，飆車族只是偶然經過而已，沒有誰會對那台小綠牌破車感興趣。而那場盛大機車嘉年華夜行，老菸則僅僅像是徘徊於路街上的老邁幽魂，被蜂擁的人群經過但其存在從未被察覺。

這樣的日子持續六天。第六天晚上九點要開始做法會。

「頭七歸魂夜。」慶仔說。

亡者的魂魄會在第七天回來，接著才會知道他自己已經往生。

老菸抵達殯儀館時，飯菜都已經擺好，桌上是素三牲、鮮花、水果及一碗白飯。師父坐在桌子前，念念有詞，檢查法器和經文。夏末入秋之時，夜晚開始起微風，其實不算冷，是因為溫差才讓人有寒意。

師父穿起袈裟，動作緩和，遞給老菸一本《金剛般若波羅蜜經》。

「我們念國語的，比起我念，你媽媽會比較喜歡聽兒子親自念給她聽，我會念慢一點讓你跟，跟不上就跟我說。」

老菸坐定，翻開精裝紅書皮長方形經文。師父點起線香，念了要母親來聽經的禱文，敲木魚搖鈴，從開經偈開始唱誦。爐香乍爇，法界蒙薰，諸佛海會悉遙聞……念經過程中師父語調平淡，偶爾幾處會搖鈴唱誦，幾處合掌。搖鈴的聲音在夜裡特別響亮，當晚只有老菸跟師父在念經，慶仔等在門外。豎靈室中悶熱，風從走廊飛奔而過，卻一絲也吹不進去。

老菸念經，嘴巴與腦袋早已分離，口乾舌燥，手臂肩膀痠疼。不時坐在位置上小小伸展，挺起肩膀，用力伸直腳，微微發抖，扭扭脖子，轉轉手腕。平時不會想到的事情，都被那平淡無起伏、無頓挫、一直線語調從意識記憶之海中釣出。

販賣夢機

老菸想起的是，一次他曾經在暗夜無明殯儀館中閒晃，腳步聲被充斥黑夜的某種介質放大好幾倍。老菸喜歡在夜裡無人走廊大概也是這個原因，只有在無他人環境中才能真切確認自己是一個個體，而非群體的一部分。

那晚與其他許多個晚上無異，好像同一部電影或影集被重複放映，每過一段時間，也許是十二小時，或二十三小時，或恰好二十四小時，主角就會重新活過來，回到與女主角不相識的那天，車禍還沒有發生，所有浪漫的、傷害的、分離的、背叛的⋯⋯一切歸零，主角則以一種對將發生之事完全無知模樣出場。念著在昨天，或前天就已經念過一次的台詞。

連狗也出現在同一個地方。那雙眼瞳在夜裡發光。狗不會叫，至少老菸從來沒聽牠們叫過。狗們只是安靜站著，後來像是有什麼東西在老菸視野之外吸引了牠們的目光，狗們成群追上。

老菸晃蕩走廊，欣賞每一家的靈堂，老菸會記著，某幾家的飯菜特別好吃，那靈堂看著就特別順眼。有一台販賣機靜靜站在門口處右手邊，透明壓克力板後展示的商品都是水，連品牌都一樣，就這樣五瓶相同的水一排站在裡面。

老菸拿起一個十塊錢銅板，放進那個販賣機。

隆隆隆。

一小瓶鮮奶掉出來。

老菸又投了一次，這次掉出來的是一瓶汽水。老菸失聲笑了出來。

該不會這台只賣水的販賣機什麼都有吧。老菸想。

前前後後總共投幣了四五次，有果汁，有汽水，有乳酸飲料，就是沒有水。一場拙劣的惡作劇。

老菸想像工讀生在補充排列販賣機裡面飲料時的情景和心情。出於好玩，或覺得無人會在殯儀館買水之心態，一股腦兒把紙箱裡面的飲料，或者有意地把飲料以無規律隨機順序排入，不想卻整到一個殯儀館內遊手好閒的流浪漢。

老菸略帶窘迫地捧著四五瓶飲料，低溫穿透衣物，身體發抖。

他開始懷念那位已建立起無語默契超商店員。

最後怎麼解決那五瓶飲料，是一次喝完然後整夜跑廁所，最後索性睡在廁所裡；或是全數倒在殯儀館周圍樹下，讓植物自行消化那些人工甘味和色素；或是隨便找個靈堂擺著當供品，老菸已經不大記得了。

天亮的時候姿勢歪七扭八醒來，飲料早已不知去向。他想，那也許全是一場夢。

頭七

天冷的時候總在做夢，老菸整天縮在椅子上打盹。自從母親過世，老菸待在殯儀館的時間越來越長。紙錢灰灑滿頭，比實際年齡看上去又更老幾歲。

已經沒有誰知道老菸幾歲了。只知道大概很老很老。

好像。有人說。那人啊，從我進來這裡工作就在那邊了，你說名字？不不，我也不知道，這裡沒有人知道。

一個傳一個，菜鳥問老鳥，老鳥問已經退休了的更老的老鳥。沒人說得清。好像從某一天起，他就在那邊了。比起這座殯儀館，比起那些流浪的純種台灣土狗，比起周圍那幾棵樹的更早以前，就已經駐紮在此處。

老菸和以往一樣，日頭落山就開始巡視各個靈堂。

「拜飯的供品如果請人來收，會需要多收錢，所以看是你要收還是我來就好。」他記得慶仔是這樣說的，他也才養成這個習慣。

又是另外一個天亮。

老菸從牆角醒來，感覺身體輕快了點。他突然想到哪裡走走，於是他緩步至那條熟悉的大路上。

那條路幾乎沒有改變。他經過小兒科診所、補習班、滷肉飯、五金行、藥局、骨科、金紙行……像是把人生走過一遍。

他在每一個招牌前面都停了一下，日頭照得招牌反光，他甚至無法看清楚上面的字，只憑著記憶中的順序和門口的擺設判斷那一格一格小房子裡在做什麼。原本小兒科診所裡面的小孩都已經是大人了罷，而會有另一批新的小孩在裡面等待。補習班榜單每年都會換上新的名字。滷肉飯傳至第二代接手。五金行內賣的東西還是一樣，蒙上一些灰塵，有點生鏽⋯⋯每個小房間都像是一個快進的時間場景投影片。

老菸走進熟悉的超商裡，那店員沒有馬上轉身打開櫃子，原來是新的店員啊。他這次沒有買菸就離開。被擦得透亮的玻璃照不出他的身影。

只照出一雙眼，那雙眼睛有點熟悉。老菸想。似乎在哪裡看過。

老菸細細檢視腦內那些蒙上厚厚灰塵的陳年物事，那些他曾經以為是固態的、像是被封存在琥珀樹脂中的記憶時間，都在重溫時融成流質且映出自己老邁的身影。

他試著像自己在更年輕時一樣，往復走在那條路上，似乎這樣就能想起更多事情。機車照樣橫衝直撞，汽車不讓，剎車聲喇叭聲罵聲四起。老菸閉上眼睛，想像自己正走在慶典。他突然開始懷念起那群飆車族，至少曾經身處同一個巨大虛幻嘉年華遊行隊伍中。

回到殯儀館時已經是晚上了，今天晚上只有一個靈堂在做法事。遠遠的就聽到搖鈴的聲音。老菸朝著聲音的方向走去。

「頭七歸魂夜，」一個很像慶仔的聲音從空蕩蕩的走廊傳來。「在這一天，亡者會發現自己已經過世了。」

走著走著，他嘴裡突然哼起歌來，母親常常哼的那首。後來他的聲音慢慢消失，不管是誰都再也聽不見了。

雨神

從阿國有印象以來，身邊的人就都很討厭下雨。

其實阿國並不討厭。只不過下雨的時候，只要在室外，不管多大，阿國還是會撐起傘，或是躲進最近的騎樓。

小的時候，阿國聽完阿嬤說舅公的故事後，就養成這個習慣。

故事往往這樣開頭：很久以前。很久以前有一陣子，雨總是一下就一整天不停。舅公也就坐在公園的榕公樹根上，一坐就整天。

下雨的時候，舅公邊猶豫著要不要去哪裡躲雨，邊遲疑地移動腳步到附近的小吃部。剛到鐵皮屋簷，身子已經溼透。進也不是，回到樹下也不是。覺得尷尬，後來舅公索性就不走了，任雨淋得他一身。

說也奇怪，像要跟他作對，自從阿國的舅公打定主意下雨絕不移身之後，每一波雨都下得又狠又急。晚上阿國跟阿嬤倒垃圾路過榕公時，都能看到他身上臉上布滿一點一點紅腫瘀青，像被人家用BB槍打過。

「你移走不就好了。」阿國的阿嬤問。

「不要。」舅公臉上的彈孔還沒消退，一粒一粒，腫得像蟾蜍。

大家都勸舅公讓著老天爺。舅公臭著一張臉，對天空比了中指。幹恁娘。阿嬤趕緊雙手合十要天公伯原諒她小弟，說完又用力拽了舅公的耳朵。

不知道是不是那根中指的緣故，阿國的舅公沒多久就走了。喪禮很快就辦完。沒有幾個人掉淚。

「你吼，應該啦。」阿嬤對著舅公那張白皙安靜的臉罵。

阿國聽阿嬤說，他曾趁著大人不注意，攀在舅公的棺柩邊上往裡面看。阿嬤總是記得一些連他自己都記不得的事情。

印象中，那張臉看不出來曾經被數不清的午後暴雨BB槍掃射過。去塔裡拜拜的時候，阿國看著骨灰罈上那張光滑至毫無起伏的照片，感覺舅公可能比生前還要好看。

阿國跟阿嬤說了這件事，只換來一陣罵。

阿嬤邊罵邊調整骨灰罈的位置和相片的方向。左轉一圈半，右轉一圈半。好不容易調回原本的方向。阿嬤這才滿意地鎖上櫃子門。

好幾年之後，阿嬤充滿儀式意味的動作總讓阿國想到他去上駕訓班的場景。

教練不教開車，只教怎麼考到駕照。場內全都靠口訣。

看到牌子往右打一圈半……窗上的標記對到白線往左打一又四分之一圈……後照鏡到轉角向右打一圈半……

一直到阿國考過駕照，他還是不知道要怎麼開車上路。

其中有一次道路駕駛的課程。那天是雨天，雨水滴滴答答打在玻璃上，撞得整片玻璃全是一圈圈只維持一瞬間的小水窪。阿國看不到前面的路，只顧著踩油門，打方向盤。左轉一圈半，右轉一圈半。教練沿路踩煞車，遇到轉彎，還要幫著阿國轉方向盤。

阿國只記得，車子沿途發出吱嘎聲。不知道聲音是從車內，還是車外來的。之後想起來，阿國懷疑，也許那一次根本連手煞車都沒有放掉。在車子發出的好幾種異音中，他活著開回駕訓班，取得駕照，卻壓根不知道自己是怎麼活過來的。

等到阿國活著拿到駕照，他才知道，原來舅公會走，很有可能，不是雨的關係，也不是那根中指。

他看著手上的駕照。照片是在監理站附近的店家隨便拍的。只要肩膀平衡，露出耳朵和眉毛（好像那是臉上最重要的器官了），攝影師就功成身退。

阿國時常拿著駕照，懷疑那上面的人是不是自己。雙眼無神癡傻，兩唇微張，仔細看嘴唇上的反光，像有一小滴唾液攀在上頭。照片總是比不上真人的。

是真的比活著的時候要好看嗎？每次阿國看到骨灰罈上的照片時，他就想問：那舅公不成大明星？

對啊，每個人都這麼說。阿嬤答。如果那張臉沒有被雨打得亂七八糟的話。

聽說舅公的葬禮上，沒有一個人哭。大家帶了啤酒、烤肉串、滷味跟鹹酥雞。除了舅公的棋友阿坤伯之外，大家都笑著吃吃喝喝。

阿坤伯一個人坐在靈堂外，哭一張臉，手上抓一支雞肉串吃不進嘴裡。大家路過，也沒特別在意阿坤伯。任他一人佝著身子抽泣。

大家早已經習慣的。實際上，阿坤伯總是哭喪著臉。輸也哭，贏也哭，吃飯哭，喝水哭。整個人水做的。水倒清澈。阿坤伯哭出來的液體，都混濁得難以見底。

聽說老蔣小蔣或隔壁的誰誰誰去世時，阿坤伯都是一邊下棋一邊哭的。哭到棋盤長出樹來，只能重買一個棋盤。這也是阿國的阿嬤說的。

但那都是很久以前的事了。其實當阿國第一次見到阿坤伯的時候，阿坤伯的眼睛早已經流成枯井。往裡面看去一片暗，看不見任何倒影。甚至連阿坤伯自己在照鏡子時，從那雙眼睛也看不見自己。

下棋時，阿坤伯的對手要跟阿坤伯說自己動了哪一步。阿坤伯會移動腦袋裡的棋子。有些對手，欺著阿坤伯眼盲偷移棋子，阿坤伯也不知道。阿坤伯輸的時候，只懊惱自己記錯，拿錢從不手軟，反倒是對方窘迫起來。過一陣子之後，沒有人再這樣做了。

阿國有空的話，就會牽著阿坤伯四處散步。聽阿坤伯說些舅公的、阿嬤的、嬸婆的……事情給他聽。

都是很久很久以前的事情了。

有時候那些事情是這樣的，往往只會剩下一些顏色，或聲音，而沒有確切的形狀。不像棋盤，放了多久還是那樣（除了長成樹的那一塊）（連阿坤伯自己，都只記得那棵樹的影子，那是一片只容得下一個人的樹蔭，而棋局已經記不清）。

阿坤伯說的往往是這樣的事情。

所以當阿國問到舅公的事情時。他總是只能聽見雨聲，以及灰濛濛一片。灰濛濛一片，就跟阿坤伯的眼睛，以及曾經從那雙眼睛流出的液體一樣。

不過，每當阿國用力望進阿坤伯的枯井，好像又隱隱有些什麼藏在其中，微微反光。

2

自從阿國的舅公去世之後，這個村子就很少下雨了。大家都說阿國的舅公是雨神轉世，對天不敬，才會被這樣帶走。

阿國不解的是，怎麼都已經是神了，還會死。

就像阿國也不大理解，死這個字。

那是永遠不會再見面的意思。阿國的阿嬤說。

可是每年都會再看到舅公啊，阿國沒有問。阿嬤正專注地調整骨灰罈。左轉半圈，右轉半圈，好不容易又回到原本的方向。好像阿舅正在搖頭。

跟著阿嬤去廟裡拜拜的時候，阿國會拿著香存心裡問神明：是因為死掉才變成神明，還是因為變成神明才死掉。

有次他學著阿嬤的動作，先把筊杯拿去繞三圈香爐，跪下，擲出，得到三個笑筊。

他問阿嬤那是什麼意思。

「那是神明在笑你。」

「笑什麼？」

「笑你問的問題。」

「有什麼好笑的？」

「笑阮凡人問的問題足憨。」

阿國從來沒有得到神明正經的回覆。有可能舅公不是這間廟管的。

被神明笑過之後，阿國就賭氣不再問了。

阿嬤拜拜的時候總會碎聲說，舅公不夠意思，姊弟這麼久，也不回夢裡看看她。

阿嬤有時候也會被神明笑。只是阿嬤會跪著繼續問。而阿國從來不知道阿嬤到底問了什麼。

當時沒有得到回答的問題，阿國也漸漸忘記。到最後甚至不太記得，究竟是阿嬤沒有回答，還是他自己沒有聽清楚。他記得的，只有阿嬤說過，永遠再見不了面，那便是死了。跟舅公一樣。

於是每次畢業典禮，大家笑著合照。就只有阿國望著那些要離鄉讀書的同學，哭得不能自已。

他感覺自己像阿坤伯。雖然他仍哭不出那樣混濁的淚水。離別是那樣悲傷吶。不過到後來，大部分都忘記了。只記得悲傷，但不記得為何悲傷。

很久以後，國小同學裡，阿國只對隔壁的阿明有印象。

阿明小學畢業就留在老家幫忙賣藥。賣的東西沒什麼，就是那些聽說可以治腎虧的民間偏方。

阿國曾經問過阿明到底在賣什麼，有什麼療效。阿明自己也說不清楚。糊里糊塗就把生意接了下來。

不過小小年紀，身骨已經是全村最高。都是我們家的方子好。阿明他老媽說。於是阿明頂著全村最高的身子，走在路上，像個活動人形看板招攬生意。

大家看他高個兒，也當是他們家的藥有用。沒人管補腎跟身高的關係。阿明也就日復一日閒逛權充工作。

一直到有個自稱是社會局的人來，才知道原來政府規定必須再讀三年書，不然阿明老爸老媽會被抓走。

虧了三年。阿明他老爸說。

他老爸自願被抓，要讓阿明能留在家做生意。一日自己拿包藥的棉線替自己上了手銬腳鐐，走到村子口的派出所。

「要抓，抓我就好。」他在派出所門口大吼。

後來他老爸被兩個警察架回家裡來。警察說，阿明不去上學，阿明的老爸不會被關，只會被罰錢。聽到罰錢，阿明只好乖乖到城裡上課。

阿明畢業後，卻不回家了。說是想要繼續讀上去。他老爸老媽直接收起藥鋪，跟著阿明到更遠的城裡。

臨走前他們把補腎方子給了一個常客，那常客在原地開起另一間藥鋪。村裡的男人們這才放下心來。

木火伯成了那新藥鋪的老闆。叫這名字，聽說是因為他命格缺木缺火。缺的就在名字裡補回來。

不過，其實他本名不叫木火，只是大家記不住他本名，聽了名字的由來就直接記著木火。木字旁火字底，哪個字沒人拿得準。久而久之，木火伯自己也忘了本名。

日後想起來，木火伯應該不缺木不缺火，缺的是那帖方子。

木火伯在開藥鋪之前，鎮日跟舅公和阿坤伯作伙坐在榕公下。跟舅公不一樣的是，只要一下雨，不論多大，他一定往附近的豆干厝跑，留舅公一人在榕公下被打成蟾蜍。這也是聽阿坤伯說的。

有一次阿國、阿坤伯跟木火伯如往常坐在樹下。雨如往常下。木火伯像是接收到某種信號，手腳俐落連棋盤都沒收就走。阿國突然起了好奇心，也跟著木火伯後面跑。「遮細漢就學人開查某喔，死囝仔。」被木火伯發現，阿國頭上被打出一個腫包，好幾天消不下去。

豆干厝的小姐們一看下雨，就知道木火伯要來。遠遠看到木火伯頂著褲襠裡的大傢伙，怕折騰的便紛紛關門走避，新來的吃過幾次苦頭，也就乖乖關上門來。

幾次沒趣，木火伯便先把藥湯含在嘴裡。小姐看木火伯的褲襠沒有被高高頂起，以為沒事。沒想到一進門，木火伯把藥和著口水吞下，就真的如熊熊燃燒的參天巨木。

原來這藥性跟木火伯的體質特別合。木火伯接下藥鋪後，遂稱此方為木火湯。

3

阿國的阿嬤在舅公走後，看到落雨，便說是舅公回來，有話要說，這才去睡覺，等著她小弟到夢裡。

其他的時候，阿嬤都是醒著的，眼巴巴盯著天空，等雨落下。

大家勸著她睡一下。自舅公走後，村子沒這麼常下雨的。

阿嬤曾經聽過他們的話，僅此一次，真去睡了。好死不死睡到一半就下起雨來。阿嬤在夢中，忘記自己睡著了，趕著要去睡覺，卻因此醒來。那個夜裡，再也睡不著覺。

她索性跑到屋外，什麼也聽不見。

只有雨聲雷聲轟轟。舅公的聲音被雨聲蓋住了。像家裡那台壞掉的電視機自顧自播放雜訊。

她愣在門口，向天空用力拍手。電視機故障，用力拍它就會好。怎麼這次怎麼拍攏無效。

那次過後，她更不敢睡。

即使真下過幾次雨，順利睡著，她也總失望著醒來。

某個落雨的深夜，阿國的阿嬤突然哭著醒來，跑遍整個村子。

細弟伊轉來啊，轉來啊，轉來啊。喊到阿嬤喉嚨沙啞。淒涼的歡呼。

阿嬤的嗓音被雨聲蓋過。旁人耳裡，只聽得一團大雨雜訊。

終於，有的人被吵醒，輾轉打電話去阿國他家。等到阿國終於接到電話，全村都已經醒轉過來。

電話裡都是雨聲，對方話也說不清楚，話筒潮溼得要滴下水。阿國只依稀聽得阿嬤、下雨、路上、跑……

阿國向那不知道是誰的對方說了謝謝，掛上電話就要出門。

他從門邊的傘筒裡抽出一把傘，就跑進雨中。傘跟阿國一起被淋溼。

阿國沿著村子裡最大的那條路，踏出的每一步都濺起泥水和沙土。找到阿嬤時，她正全身溼透地跪在地上，嘴裡念念有詞。

阿國在阿嬤頭頂撐起傘，傘裡面積的水全部倒出來澆在阿嬤頭上。

阿嬤這才發現阿國。抹了抹臉，困難地站起身，膝蓋顫抖。阿嬤拍掉膝蓋上的土泥。被雨淋成深黑色的褲子，有兩處突兀的土黃色塊。

來，咱來倒轉去。阿嬤說。語氣平穩。

其實阿國聽不清楚。他冷得牙齒打顫喀喀喀，擋住了阿嬤的聲音。他只能讀取阿嬤的唇語。

阿嬤撐著傘。傘和阿嬤都溼透了。

突然，雨就停下來。

阿國還來不及搞清楚是怎麼一回事，雨就突然停下來了。

他因為睡眠不足而視線模糊。眼屎還沾黏著上下眼皮，隨時會闔上。

恍惚之中，阿國似乎看見，地面已經乾燥。原先的爛泥路，又恢復成日曬過後的堅實路面。他在雨中奔跑留下的急促腳印，現在又完全看不見了。地面被曬得滾燙，遠方的景物，因為高溫的空氣而扭曲。

阿國仍冷，肌肉不受控制地抽動，努力發熱。只見阿嬤在傘下，身子還是潮溼的。只有傘下面是潮溼的。其他地方都乾了。好像方才那場大雨，其實只下在傘的內側。阿國眼睛一熱，感覺有些什麼融化，沿著臉頰緩緩流下。

4

隔壁的阿雄伯家裡最近新養了一條小黑狗。阿國聽見阿雄伯叫牠「饅頭」。

饅頭，饅頭。阿國路過阿雄伯家門口，會對著門內大喊小黑狗的名字。小黑狗從大門門縫探出頭，見是阿國，便興奮地要衝出來。

饅頭是衝不出來的。牠被一條說長不長，說短又滿短的繩子綁在車庫的水龍頭上。只有頭能全部伸出來。張著小狗嘴，嘴裡排著小小顆的牙齒，對著阿國細聲地吠。小小的狗爪死命地抓。趾甲磨損在地上留下一道道淺淺灰白的痕跡。

不趕時間的話，阿國會蹲在門口逗逗饅頭。把手放在饅頭嘴邊，牠會把阿國的手含進嘴裡。只是含而已，頂多加些力道，留下幾個細細淺淺的齒痕。

阿國知道牠不傷人。安靜地把手放著。常常就這樣待上大半天。

有時候阿雄伯聽到狗的聲音，出來一看是阿國，會跟阿國聊一下天。

阿國這時才有機會進到車庫裡抱抱饅頭。

饅頭的腳有軟軟的肉球，阿雄伯說那是混到其他大型狗的血，主要還是台灣土狗。

說起饅頭，阿雄伯似乎有說不完的話。

從他如何路過附近荒廢的鐵皮犬舍。如何心中產生奇異的感應。如何走進裡面全身染滿跳蚤。如何發現饅頭在角落瑟瑟發抖，眼裡似乎有光……

整個過程講完一輪，阿雄伯就會示範怎麼教饅頭，怎麼下指令。坐下、趴下、起立、握手……

阿國只要一停腳，沒有待個一小時以上是走不了的。

有時候阿國聽到一半會有種錯覺，好像阿雄伯是在背稿子。而這份稿子很久以前就完成了。有時候阿國會想，也許那份稿子，在饅頭被帶回來之前就已經寫好。

阿國想起前陣子巷口那間新開的早餐店的老闆，喜歡站在門口攬客。嘴裡重複念著同樣的台詞，手部則機械地，招潮蟹似擺動。即使客人到店裡，那老闆仍維持同樣的動作和台詞跟在客人背後。

不知道是不是動作的問題，許多客人被招進來又被趕出去。早餐店很快就倒了。在默默開張又迅速倒閉的這段時間，沒有人知道那位老闆是哪裡人，接著又要往哪裡去開店。

阿雄伯當然跟早餐店老闆不一樣。只是他們似乎都太過希望有人能夠停下，多看他們兩眼，聽他們說說話。

「我當初撿到饅頭的地方，是一個已經荒廢很久的犬舍。我也不是第一次路過，但那一天就很奇怪……」

阿國想像那個畫面。陰暗的犬舍角落，日頭從屋頂的缺口竄進屋內如耶穌光，不偏不倚，落在一條幼犬身上。像是某種天選。明明是被遺棄的場景吶。以至於，阿國有點難以分辨，究竟是阿雄伯撿到饅頭，還是饅頭主動走進那道光，進入阿雄伯的生活。

有次阿雄伯說了不一樣的事情。他說起饅頭的名字。

你知道饅頭其實是英文嗎？阿雄伯問阿國。

你知道嗎？饅頭。阿雄伯拉高聲調，用外國人講中文的腔調發音。Mental。

阿國笑了出來，但沒有回答。他其實不太知道那個單字要怎麼拼。他以為阿雄伯是要取笑最近在各地慢慢多起來的外國人。直到多年以後，他才意會到阿雄伯指的應該是他家那台福斯老車 Vento。

阿雄伯看到阿國笑，像是鬆了一口氣，滿意地拍拍阿國的肩膀就走進房子裡。只留下阿國一個人在車庫，還有饅頭一條狗。

5

這幾天，難得村子裡的雨沒停過。

阿嬤一連在床上躺了好幾天。隔一段時間，阿國就要幫阿嬤翻身、擦背。村裡的醫生幫阿嬤吊上點滴。以免阿嬤血糖過低真的昏死過去。

一開始阿國還會擔心。看著阿嬤閉著眼睛又哭又笑，不時流淚。後來表情開始重複，像是阿嬤仔仔細細把作過的夢又重作一次，趁著下雨。

阿國幫阿嬤翻完身子，就到街上閒晃。晃去豆干厝，遠遠就聽見小姐們的哀號。木火伯肆虐。阿國不敢走近，朝著阿雄伯家走去。

饅頭好像是第一次看到雨，興奮地又叫又跳。不時甩掉身上的水，毛髮賁張。甩完後又到雨中，狗毛被淋溼，緊貼身體。饅頭看起來，竟比原先要小了一號。

那聲音跟著阿國回到家。整個夜裡，阿國似乎都聽得見饅頭細細的叫聲，從雨的縫隙，從紗窗的網眼鑽進房間。

睡不著的時候，阿國就坐在阿嬤床邊，從表情讀阿嬤的夢。阿嬤的嘴角不時抽動，要說些什麼似的。阿國把耳朵湊近去聽。沒有聲音。像是已經在夢裡說完了。

阿國拿著毛巾擦過阿嬤的背。那是一面無法引起任何人注目的背。既乾燥又鬆弛，即使只是輕輕抹過，也會留下一條淺溝，過一陣子皮膚和皮膚下的肌肉才會回彈弭平那一道乾涸的溝渠。

阿國用手在阿嬤的背上拓出一個手印，然後看著皮膚緩緩地回彈。接連做了幾次，雖然復原很慢，但是留不下手印。

有時外面會傳來敲門聲。阿國把阿嬤的衣服拉好，放平阿嬤的身子後，才輕手輕腳地去開門。

外面不一定有人，有時候只是風吹雨打得門碰碰響。

不過有一次阿坤伯全身溼透站在外頭。阿國趕緊讓阿坤伯進屋。

「我是來借地方洗澡的，我家已經淹水，進不去了。」阿坤伯語帶哽咽，扶著門走進屋內。阿國看不出阿坤伯的表情。雨下得太久了，阿坤伯臉上似乎又多了許多皺紋。

「阿坤伯啊，你有沒有帶衣服？」

「有……有。」阿坤伯突然又走回雨中。回來的時候，手上拿一套同樣溼透了的汗衫、內褲和外褲。

「你先去洗吧。」阿國不知道怎麼辦，只好先讓阿坤伯洗澡。

「多謝，多謝。」阿坤伯洗澡後顯得精神許多。頻頻彎腰道謝。阿國不斷扶起阿坤伯肩膀。

阿坤伯一臉滿意地，身穿溼透了的衣服，手上拿著換下的、溼透了的衣服，又走回雨裡面。

自從恁舅公走後，就沒人給我這樣洗澡了。

不知道是不是心理作用，阿國依稀聽到阿坤伯這樣說。但那細碎的話聲，很快就被大雨吞掉。

阿國似乎看見阿坤伯正朝著一棵樹走去。遠遠看去，阿坤伯好像就那樣坐定在樹底下。而阿國忘了方才阿坤伯到底有沒有流淚。

6

幾日後，雨終於停了。

阿國的阿嬤醒來看看時鐘，數了好久，就是數不出那鐘面上的指針到底繞了幾圈。只好起身找日曆。原來還睡不到一日。隔天，阿嬤一起床，就順著日子撕下去。

過年時別人在放炮，連阿國的阿爸阿母都回來了，阿嬤還搞不清楚是怎麼一回事，這才發現她的時間晚了別人好幾日。

也只好先把年提早過了。不過沒什麼關係，因為阿爸阿母很快就離開村子。好像真正的家其實在另一邊。

哪一邊。阿國從村子口朝外看去，只能看清楚遠遠的地方有繁茂的光點。星星從地上長出來了。阿國還小的時候說。有的星星還在更遠的海面上漂。

後來阿國知道，那些都是「燈」。星星不會從地上長出來，也不會在海面上漂。星星其實不是長出來的。是爆炸。一次又一次人類無法直視甚至無法想像的大規模爆炸中。有些什麼閃閃發亮從中誕生。

聽說，當星星的光被地球上的人看到時，已經是幾千幾萬年之後了。阿國看見的星星，都是幾千幾萬年以前的。

「現在」還在很遠的地方。

在那個無法被理解的時間尺度裡，阿嬤少掉的日子也不算什麼了。只是阿國難免會想，假如哪天阿嬤過世，他一定會對那幾個無端失去的日子感到無端的惱恨。

對阿嬤來說，毫無變化的日子少掉幾天倒是沒什麼差別。只是同一天的重新發生而已。

阿國想起阿坤伯。他曾看過阿坤伯，在那些被村子裡其他家的人拒絕的落雨日裡，如何抱著一套被雨淋溼的乾淨衣物，在街上尋找一處可以洗澡的地方。

有次阿國來不及讓阿坤伯到家裡洗澡。還在四處找他，阿坤伯已經在路邊自個兒洗起來。

只穿一條內褲，換下的衣服跟要換上的衣服一同放在雨中。

村人皺起眉頭，掩鼻快步走過。留在泥上的腳印，淹成一個個小水池。小水池溢出，相連成大水池。看不出是誰留下來的印子了。

「不好意思，不好意思啦。」阿坤伯彎腰，向路人露出歉然的笑臉。平常老哭喪著臉的阿坤伯，只有這時候才有別的表情。像是那張臉在雨中已經積滿水，容不下更多了。

只好擺出笑臉賠罪。不好意思啊不好意思啊。一手握著肥皀搓出泡沫，另一手伸進內褲搓洗胯下。

不管有沒有人，阿坤伯就那樣重複，對著不在場的觀眾，直到洗完。

阿國遠遠地看著阿坤伯。沒有走上前。阿國一直待著。直到阿坤伯終於換上早被淋溼的、乾淨的那套衣服。

阿坤伯剛穿好衣服，雨就停了。日頭探出雲層，很快就完全露出。地上的水還沒乾，在日頭照射下一閃一閃。

日照更烈，使人目眩。蒸發的水氣附上阿國的眼鏡，遇冷凝結，在鏡片上結出一層薄薄的霧。模糊之中，阿坤伯又恢復往昔的哭喪臉。好像阿坤伯剛才在雨中擺出的表情，跟著路面的積水蒸發掉了。

起初還能看見地上幾處深色的色塊，烈日下終於毫無痕跡。

回家的時候，阿嬤已經失望地醒來。數過時鐘和日曆。嘆口氣。爬下床，回到日常，繼續等待另一場雨的下落。

無傷大雅的誤差累積起來，阿嬤逐漸過出一塊自己的時區。接著日曆過，就不會少天。她是這樣說的。

節慶往往會遲延個一時半刻，也都沒有關係。只要等到節日被翻出來的那一天再過就好。阿嬤說。

7

舅公過世沒多久，阿嬤也跟著走了。

沒多久，那是阿嬤說的。日曆還沒撕完，前些日子留下的殘頁已經泛黃。

阿國長得很快，但阿嬤的日子過得很慢。

大家都說是舅公來帶走他姊姊。

最後那段時間，雨越下越久，一落雨動輒十數日。雨神轉世的舅公，大家都說，跟蒼蠅一樣在村子裡繞來繞去。煩人。

阿嬤越睡越久。睡覺時喜怒形於色。哭的時間愈少，笑的時間愈長。嘴角動啊動，好多話要說。

後來喜怒不形於色。表情祥和，雙唇輕柔地併攏。像要說都已經說完。

那幾日，阿坤伯來洗過幾次澡。不好意思，不好意思啦。隔著牆壁，浴室那一邊不斷傳來阿坤伯的聲音。

阿坤伯脫下溼透的衣服，換上一套淋得溼透的衣服，心滿意足地摸著牆壁離開。地板一小攤一小攤的積水。那幾日內未曾乾涸。阿國跨過那些小水窪時，總覺得好像永遠乾不了了。不過他自己知道，那只是一種感覺而已。有一天要乾的。

阿國看向窗外。大雨之中，隱約可以聽見遠遠的豆干厝爆出陣陣眾人勝利的歡呼。

那雨這一下，連木火伯也投降。木火湯藥力一過，木火伯便垂頭喪氣地走出豆干厝。

這是女人的勝利，媽媽桑說。雖然木火伯輸給連日大雨，但先前的英勇事蹟並未一筆勾銷。木火伯靠那帖方子做起來的生意蒸蒸日上，不過木火伯與媽媽桑簽訂了保密協定，要木火伯把藥方減半，否則這小小的豆干厝不知道哪天要被搗成廢墟。

這些事情不算祕密，大家都知道。只是沒人想要像木火伯那樣一夜十來次不倒——沒有錢也沒有時間。

其他人通常進到房間後，看到小姐前，手會先伸進褲襠搓揉套弄。不好意思，不好意思。再等等，等等。

工商社會，時間寶貴。那藥是早早就吞落去，以便隨時開工。結束之後，總有幾個人會沮喪懊悔坐在床邊，握住疲軟的屌嘆氣。時間還沒結束。那些人在等，等著小姐讀秒。假裝性交還沒結束，待到最後一秒鐘。倒數完，那些人會大大嘆一口氣。好像這時才終於射精。伸個懶腰，走出門外。

阿國有時路過，會看見那些人走出門後，互相打個短暫的招呼，很快就別過頭去。低頭走進雨中，認不出誰是誰。

那幾日，阿國跟以往一樣，在家的時間都守在床邊，等著雨停。

雨停之後，阿嬤醒來，定又要坐在床上，數著時鐘，數上好幾個鐘頭。阿國想著那個畫面。突然有股衝動，他想要直接跟阿嬤說，才幾個鐘頭，沒睡多久。

等阿嬤醒來，就這樣跟她說。阿國下定決心。

8

雨終於停下。地面積水反射日光。戶外比起過往更亮一些。甚至刺眼。

不知道是不是太刺眼，阿嬤又睡得太久，眼睛無法適應亮度。阿嬤一直沒有醒來。

阿國一邊等阿嬤，一邊自己數起時鐘。一圈，兩圈，三圈……時鐘卻像壞掉一樣。阿國沒辦法像阿嬤一樣，數出上頭的長針和短針到底走了幾圈。一圈半天，兩圈一天。

阿國坐在床上，不停地數。他想，先幫阿嬤數好，就可以在阿嬤起床的時候直接告訴她，其實連一天都還沒過。然後他們可以省下一點時間，一起出去走走。讓眼睛適應外頭的光線。然後就可以一起走到更遠的地方。

他會扶著阿嬤。地板還沒乾。一坑坑水窪看不見底。貿然踩下可能會踩空。阿嬤的身體已經禁不起摔了。

雨神舅公怎麼這麼久才離開。阿國心裡暗暗埋怨。害阿嬤睡得太久，反而越來越睏，起不了身。

阿國數了很久，但不知道過多久。桌上的剩飯剩菜已經引來蒼蠅環繞。

他正要繼續確認時間，雨又轉大。故障電視雜訊聲中，阿國依稀聽見豆干厝傳來的哀嚎哭求；聽見阿坤伯又在路邊對著他看不見的路人「不好意思、不好意思啦」；聽見一陣一陣細微的數秒，以及緊接其後的嘆息；聽見阿雄伯反覆述說那段離奇的緣分，一旁是饅頭的吠聲；聽見……

阿國像是突然醒來，看向窗外。豆大的雨滴，肉眼可見一粒一粒往地面砸，或敲打窗戶。似乎有誰在敲門。有誰在敲門？阿國不自覺把心裡的疑問說出口，但沒人回答。

舅公。阿國含糊小聲地說，話聲被雨聲攔截。

阿嬤，舅公來了。

阿國再看一眼時鐘，時針以肉眼無法察覺的速度前進。

連一天都還沒過。阿嬤還沒醒，但阿國心裡已經準備好答案。

他由衷感到安心。

麵攤

麵攤後頭，不知道誰搭起一間鐵皮屋，麵攤的老闆偶爾會在那休息。再更向後去，是那位老頭住的老紅磚屋。

老屋前庭有個花圃，形狀是甕的上半身。下半個甕埋在地下，像是被硬生生插入土裡。鋪上水泥後，就再也移不走了。

甕裡填滿土，麵攤老闆隨意種些常用的香料植物。臨時缺了什麼就往裡頭摘幾株應急。更多的時候是深夜老闆煮了消夜。在老屋裡的話，你應該能聽見水滾沸的聲音，抽油煙機嗡嗡嗡。老闆趿著拖鞋來到前庭，又趿著拖鞋啪啪離去。

幾個淺淺的腳印印在水泥地，聽說是水泥未乾時老頭踩上的。只有一排，步子的方向是往甕走去的。

每日，你在隔壁的便利商店門口，看著一頭白髮從圍牆上露出，緩緩移動。直到那頂白髮出了巷子，你才發現有一隻及腰大白狗領在老頭前方。沿途白狗不斷受到街巷裡其他的狗群挑釁。牠只是不惱不火領著老頭前行。

你只覺得那白狗真懂事。後來聽說牠是條盲狗。聽更多人說，那狗除了盲，還是聾的。不然哪有遮爾乖巧的狗。鄰居一個老阿伯說。

你開始不知道，是大白狗領著老頭，還是老頭領著大白狗。

老頭不說話，白狗不吠，每日並步從同一條巷子進出。重播默片。

沒人知道那老頭要去哪裡。老頭和狗出了巷子後，你就再沒跟上過。明明是這麼慢的腳步。

久而久之，你從街坊的口中拼湊出一條白髮老頭的移動路線。直到你終於知道白髮老頭的行程時，老頭的白髮更稀，皺紋更深。你也仍難以相信，這麼簡單的一條路，竟能持續走上幾千回。

有次你路上巧遇白髮老頭，他正出神地走著。汗水滴在柏油路上，旋即蒸散。狗的腳掌耐不住燙，小跳步前進，但不離老頭身側。

幾乎要燙出血來。你從大白狗腳抬起到放下的空隙間看見，深色的腳掌逐漸發紅。深色的柏油路上拓下小小的血紅肉球印子。不斷有人試著要讓老頭停下，平時不吠的大白狗出聲，低吼喝退旁人。隨後又挺起身子抬起頭，繼續小跳步前進。

白狗艱苦前進，老頭也不輕鬆。鞋子已經開口笑。那兩張嘴開開合合，走在烈日底下，看起來幾乎是哀號。年紀大了，沒法像白狗跳步，只能縮小步伐，加快動作。

撐到下午，日頭斜射，老頭的腳步才慢下來。路過樹蔭就停留，一人一狗擠躲在拮据的蔭影下。遲緩地，樹蔭跳島回到麵攤後頭的老屋。

社工不時前往麵攤，詢問老頭近況。但他們從沒真正見到老頭。據他們的說法，每次他們進後頭那間老屋，從沒看到有人在裡面。

「奇怪的是，裡面一點灰塵也沒有。」社工說。

麵攤老闆聳肩。

社工離去，老頭就默默回來，像特意走避社工。

問了也不知道。老頭是不說話的。只會緊閉著嘴。但那張嘴不住嚼動，好像永遠有食物等著他吞落去。

這樣的老人在附近不少。

但近年來住進的學生更多。

如果家裡的老人走了，空下的房子就整理好租給附近的學生。最少一年，最多，有可能等到那學生畢業、成了家，還繼續留下來租，等到學生自己成了老人。但更多的是房東先過身，而繼承人將房子重新隔間，出租給更多學生。

你並沒有打算長久住下。其實你什麼打算也沒有。

每日早上進圖書館，閉館音樂響起才收拾電腦和散落滿桌的書。

回家的路上，路燈閃閃滅滅像定格動畫。每一次路燈亮起，你都前進了一些。亮暗之間，走過的路，似乎暫留在眼底，但很快消逝。

晚上路過麵攤時，老闆早已經收拾完了。攤子外頭蓋上三面外綠內橘的大片帆布。地上殘留著早先老闆刷洗地板的泡泡水。

便利商店的燈側漏過來，彩色條紋扭扭曲曲攀住僅存的大小泡泡上。沒一會兒，沒有外力，泡泡自然地破掉。你幾乎以為自己，聽到了那無聲的「啵」。啵。你看見孩子笑出來。迸破的肥皂水細沫濺在孩子臉上。啵。啵。啵。女人嘟著嘴，把孩子身上的泡泡一顆一顆弄破。一面發出聲音。像條魚。肥皂水偶爾濺到孩子的眼睛，孩子刺痛地皺起眉頭，閉緊眼，揉一揉，很快就沒事。

孩子格格笑。這是很快樂的事情。

浴室牆角的三層架上擺滿了空心塑膠玩具，即使沒有浴缸。洗手台稍嫌狹仄，只得小鴨和船輪流下水。

男人坐在沙發上，把電視的聲音調小，滿足地聽著從浴室裡面傳來的嬉笑聲。笑聲愈大，房子似乎就更寬闊些。

不久後，女人買了一個不合時宜的大紅色澡盆，淺淺的，底部有鴛鴦圖案。水放滿後，孩子撥動水面，鴛鴦隨波紋扭曲。

那時孩子早已大到坐不進去了。塑膠玩具們也許久沒再下水。

更久之後，鴛鴦圖案慢慢脫落，一點一點的碎片，不時附在孩子身上。孩子因此學會淋浴。

「換個燈泡吧，暗了。」盯著天花板許久後，女人說。
「整組都換掉吧。」
男人這時才發現，原來燈泡表面積了一層厚厚的灰塵。整個燈座都覆上了厚重的灰塵。男人打了噴嚏，險些從梯子上跌落。
當你多年後在樓頂，突地站起，貧血眩暈。低矮的公寓，四周還沒有高樓遮蔽視野。遠方市區的光點細細密密，糊成一片。
你只能再度躺下，望著天空。一開始什麼也看不見。等到眼睛適應之後，才稍微能辨識出落單的星點。
有的很亮，一側閃紅光，另一側閃綠光。你知道那是飛機。你曾聽老師說過如何分辨恆星、人造衛星和飛機。後來自己試過幾次，但總被說是錯的。總是錯的，卻從沒人告訴你那在天上閃閃發亮的到底是什麼。
有的很暗，暗到你幾乎不知道自己是不是真的看見了。
起身，拍掉身上的細小水泥塊和灰塵。閉著眼睛，感受一股熱流充入頭部才睜眼。雖然睜眼或閉上，差別其實不大。你對路很熟，即使在黑暗中，你仍能知道，什麼時候該抬腳跨過門檻，什麼時候要踩下一階，什麼時候到底。
你把上半身趴在樓頂的矮牆，向下看，街燈零零星星地亮。只能看見行人的影子。依稀看見一人一狗的影子，一前一後，緩步前行。附近的狗群鼓譟起來。那對影子更加安靜。

經過開門會有叮咚聲的便利商店、鹹酥雞和滷味的攤車。或強或弱的燈光接續投影出人與狗的行進路線。直到進入無燈的、街巷的更深處，再也看不見他。

你只能聽見，不知道哪家的欠缺保養的腳踏車，零件摩擦，喀啦喀啦喀啦……

附近有鐵軌穿越。到十二點以前都會有火車經過，一兩個禮拜後你就習慣了。

你計算過，每天火車經過那段鐵軌的最後時間是十一點五十七分，不過有時會早一些經過。有時候會很晚。晚到你幾乎以為你漏掉了那個聲音時，火車才緩緩地過去。

關上窗子也沒用，連窗子也跟著震動。時間不長，但總要一陣子才能回神。一開始你試著忽略火車的聲音。深夜時，火車的聲音格外清楚。

細細聽，聽久了，好像就能聽見輪子經過鐵軌接縫時與鐵軌碰撞發出的喀啦喀啦聲。一下子，整列車就這樣過去。

後來在白天聽到火車的聲音，卻感覺安靜下來。

有時候你只是待在宿舍，整天聽一列一列的火車過去。讓聲音殘留在耳邊。每一列火車似乎都變得很長很長。

從床上真正坐起身時，窗外往往已經暗下。

有天看見新聞，你的中學同學跟其他的學生敲破立法院的玻璃了。不久之後，立法院已經被占據。

你決定要做些什麼。於是跟同學搭上平時你聽的其中一班車。南部的天氣是漫無終點的夏天。你們只披了單薄的外套，穿著短褲踩上拖鞋就匆匆出門。連票也沒買，只得坐在悶熱的走道等候補票，偶爾涼風從車廂之間的縫隙鑽入。

「你們要去哪裡？」列車長經過時問。

「台北。」

「你們要這樣坐到台北嗎？」

「臨時決定要去的。」

「我幫你們安排位置，這時間比較少人搭，」列車長低著頭打對號座的票。機器緩緩吐出兩張票。

「加油。」列車長說。

你與同學點頭示意。

在車上時，兩個人什麼話也沒說。同學坐進椅子就睡著了。

「我在火車上了。」

「是喔，去哪？」母親說。

「台北。」

「小心就好。」

你聽見父親的罵聲。離電話很遠，聽起來卻很大聲。但你其實聽不清楚。只好壓低音量，把外套蓋住頭。

從小就怕父親，沒為什麼。明明母親打人更凶，父親從未打過你，你卻還是親近母親多一些。父親一提高音量，你就不自覺發抖。一邊發抖，一邊流淚。你只能掛掉電話，調整呼吸。

從火車底盤傳來規律的震動。聲音你是熟悉的。你開始能把單調的聲音跟單調的震動連在一起。

好像回到那個小房間。不過這次是，讓長長的火車帶著你，到另一個陌生的所在。

火車上的那段記憶，現在想起來，你仍會打哆嗦。縱使現時父親已不再那般說話。實際上，父親總是寡言的。只是你總覺得，那中間似乎缺漏了什麼。

你記得，下車時覺得真冷。台北剛好來了寒流。風不斷灌進薄外套和短褲。腳趾失去知覺。從台南穿來的汗溼衣服已經變得乾冷。

然而火車上的那段記憶，好像是很久很久以前的事情。

後來你問父親，父親只說忘記了。你其實不懂，為何你記得這麼清楚，父親卻全都忘了。

你又去問母親。記得啊，那是你爸擔心你。母親說。

然而你仍不懂，為什麼擔心竟會讓人恐懼。

不懂的事情太多，以致你開始懷疑自己究竟長大了沒。

曾經你以為學會自己洗澡就足夠了。不讓浴盆盆底脫落的貼紙沾到身上，就能洗得乾淨。

至於燈座，則是你與父親一起換的。父親踩在鋁梯上，把覆滿灰塵的燈座拆下，換上新的。你在鋁梯邊，看準灰塵落下的時候閉氣。瞇著眼睛遞上工具。最後一次閉眼，再睜開，已經是新的燈座。

喜歡新的還舊的？父親問。你竟以為他問的是母親。

你沒有回答。你還在思考時，父親已經把燈泡交到你手中，要你踩著鋁梯把燈泡鎖上。燈泡鎖好的那瞬間，驟然亮起。你在鋁梯上眩暈了一下。恍然地理解了些什麼。客廳整個寬敞起來。你從不知道這間房子原來大成那樣。所有的東西都白白亮亮地過曝。你看向父親的臉，有些蒼白，削瘦的臉龐，雙頰凹陷更深。

你感到疑惑：這副虛弱的身軀如何生出、承受那不合比例的怒氣？

也許正因為如此才終於垮掉。父親躺在床上如植物，接受日光燈的供養。父親的眼神帶著失能的屈辱。

聽說是一年前就已經中風過一次。從沒告訴過誰。直到那天之前，你都以為前一陣子是父親刻意拉下臉來。父本就寡言，便難以發現。

身體成了廢墟，精神在其中游移。你看著父親躺在床上，試著重新掌控自己的身體。視線挪到哪，那一處就產生細微的、肉眼幾不可見的抽動。

父親的眼神從屈辱轉而充斥著生命的熱能。

你曾在鏡子裡看見過那樣的眼神。

火車上通完電話之後，你看向窗外，只能看見自己的倒影。眼睛紅得如火燒。細細的火焰蔓延整個眼球。很快就消退。但你記得那雙腫脹發熱的眼睛。雖然當下什麼也看不清，但是你用顫抖的身體記住。

那次是你印象中父親說話最多的一次。平時，他只會坐在沙發上，看內容千篇一律的武俠小說，偶爾抬起眼，微笑，又把眼睛埋回書中。

那是很久以前的事情。

母親也回以微笑。那是過於禮貌的了。於是當父親拿錢要你去買午餐時，你脫口而出：

「謝謝。」

「幹嘛說謝謝。」父親笑著拍拍你的頭。

「謝謝。」母親微笑。

「不用客氣。」你關上紗窗時，隱約看見父親無奈的神情。

你發現，最令你感到驚訝的其實並不是那細削的身體竟能發出偌大的聲響。而是他原來能夠說出這麼完整的一段話。即便你的身體因為恐懼下意識地發抖。

父親的眼睛望向插著管線的手，眼神沸騰，手無聲但劇烈地顫動。母親握住那隻手，像要撫平不安的什麼，父親才慢慢安靜下來。

日光從窗簾的縫隙漏了進來。暗室中你難以看見外頭的景象。

附近的連棟老屋。緊閉的窗戶，光是路過都能聞到霉味。

有時候從對街可以稍微窺見二樓屋內的天花板。伸長脖子，看不見裡面更多的什麼。你立起機車的中柱，徒勞地站在機車上。你也常這樣站著，越過鐵軌邊的圍牆，窺看火車。

越過快速經過的窗子，你看見一顆蓄滿白色頭髮與鬍子的頭，放在對面那一側的圍牆上。

那顆頭試著說了些話，話聲全被火車的聲響掩過。你只看見那顆頭的嘴巴在動，似乎正嚼食什麼。皺紋隨著口腔的動作在臉上滑移。像是你曾見過的老者們的通病。反覆確認那已經空無一物的口腔是否真的虛無。

然而那位獨守圖書館的老者卻不曾如此。一身教授裝扮，桌上擺滿一大本一大本舊報紙合訂本。手持放大鏡，那臉直要整個貼上書頁。

勢。

那段每天都進圖書館的日子，你都看得見那位老者。同樣的位子，同個毫不妥協的姿

圖書館內，所有的聲音被放大。走過的人，光是走過而已，就會引起他那不悅且令人不悅的注視。

老者的頭並不完全抬起，而是皺起額頭牽動眼皮，瞳孔上吊。

他會盯著你，直到你選定座位、坐下，直至不再發出任何聲音。

一整日。老者一本報紙換過一本。除偶爾起身去廁所或裝水外，姿勢毫無妥協。書疊起來，遮住了他的身子，只能聽見細細的、翻動書頁的聲音。

隨著時間愈晚，書疊更高，老者竟看似愈發地小。

你幾次試著看清楚老者的臉，只能看見橫亙額頭的深深的溝壑。再更晚，你就只能看見一叢白髮了。

你突然想起，從未看過父親的白髮。即使臥病在床了，父親仍是一頭不服輸的黑髮茂密。後來為了方便照護剃光。你近看才發現，原來頭皮不是平坦一片。粗短的髮根沿著頭皮表面密密生長，微微起伏。

母親撫摩父親的頭，她的手先像是被刺到那樣停頓一下，才繼續游走。你下意識地撫向自己的下巴。

你曾用布滿鬍渣的下巴磨蹭某個女人的頸後，女人笑罵著說會痛。後來你們怎麼樣早已經忘記了，只知道你自己便不再做這個動作。

每一次母親來醫院，都重複相同的動作。

會痛嗎？有天你突然問起。

母親突然停住手的動作。

「不會啊。」

不會痛了。

父親隔天就走了，跟著隔壁的病人。聽聞隔壁亦然。分明是醫院的常態，你卻總往你住的那排老房子想。

你知道是巧合，關於那則老社區的傳聞。

「一個人走了會帶三個走，」姑姑比出手指數了數，「這次還差一個。」

那是很久以前的事情了。不過有些故事總會流傳到現在，然後繼續流傳下去。

這種迷信難以驅散，當社區靈堂比立。從早到晚都能隱隱聽見法器的聲音。助念團出入。靈車壅塞。

你暗自數。你知道，別人也正在數。

家家戶戶人人自危，誰也不想自己家裡的人跟著去。

幾天後又走了一個，整個社區才都安心下來。

耳語傳遍。隔壁的老婆子不識時務地來向母親道了謝。

母親表情僵硬，久違地扮演妻子的角色。

陌生的人排隊拈香。幾天下來，母親已能順利應對。該哭的時候哭，師傅做法會的時候也跟著低聲吟誦。

你已經能夠記起幾部常誦的經文了。

跟著念誦時，你感受到師父驚異的眼光。你微微點頭示意。這孩子真會念經。你聽見師父在法事之後向母親說。

你只感到無邊的悲哀。

隔壁幾家都是喜喪。白日時，眾家親戚輪著上香。孩子在外邊的廣場玩。尖叫嬉鬧，或摺紙飛機。大人邊摺元寶、蓮花，不時呼喝孩子避開車輛。

忽然一架紙飛機射入靈堂，正巧撞在父親照片上。那是隔壁的孩子用印著極樂世界的紙摺成的。

母親笑出來。忽覺不得體而掩住嘴。

隔壁的女人匆匆道歉。母親則一臉哀戚地回禮。

但你知道，母親其實在計算儀式結束後要追趕的工作進度。

反倒是那阿姨一次也沒來過。像在躲避什麼，直到公祭時，你眼尖發現她藏在最後一排。你只看到頭髮便足以認出她來。

你才知道，原來你在北上車廂中打給母親那通電話時，阿姨也在電話邊。那是母親告訴你的。

你感到混亂，眼前渙散。被線香薰得灰黑的燈泡也令你感到尖銳。

想起那位畏光的男孩，總是躲在樹蔭底下，並盡可能快速地穿越不得不的日光。如果可以，他會一直躲在圖書館。小小的圖書館藏書不豐。他手上翻的總是同樣那幾本。此後，每當他翻開那幾本書時，就好像再度回到那個時候。

每每從書中抬起頭，眼睛重新對焦，你總是目眩如飲下過多的酒精。

有次你真的嘔了出來，在圖書館。陣陣襲來。直不起腰。你眼角餘光跟老者對上。感覺歉疚。你盡力試著壓低聲音。老者只皺起眉頭看你，一如往常。你突然安心下來。

你被送進醫院，護理師通知你發高燒。你在病床上，身著醫院的病服，看那件沾滿穢物的衣服被丟掉。想起留在圖書館桌上的那攤惡臭，還能看見前日晚餐的殘骸。你從沒想過緊急連絡人真有一天用得上。

母親趕來醫院時，嘔吐已經緩和下來。

更晚的時候父親才到。不知怎麼，又開始乾嘔。一陣一陣。胸口高高脹起又深深塌陷。

像有誰在壓，卻只壓出無意義的嘔聲。

你日後打工，每天要把易碎物用力塞進鋪滿用來防震的碎紙條的箱子，總有些紙條零星地散落。

紙條上有字。每一張紙條上都有字。你開始把散在地上的紙條蒐集起來。休息時就念誦。像初學的幼童，看到字就念。一開始並不明白那些句子的意義，但這麼念久了，似乎一切都有了意義。

你試著拼起它們。無意義的句子組成無意義的文章。幾天下來，手邊的紙條越來越多。花在拼句子的時間越來越多。若偶然出現能夠表義的組合，你會把那兩張黏在一起。緩緩累積，成了一封信。

你看著信，似乎回到過去的某個時間。那是一連串的巧合。你知道那從來只是一連串的巧合。像是在混沌之中，透過隻字片語緩緩建立意義的坐標。那位幼童已經開始行走，跌跌撞撞。總是往前走的。

然而在尚未學會走路之前，只覺得自己總向後前進。

你一直是在母親懷裡朝後看著母親前進的。直到能夠自己走路，母親走在你身側時，仍習慣抬頭看著母親。

母親已經不看你了。她專注地看著前方。你忘了要多久才終於能自己走。

你向同學說起，發現只有自己記得這種事情。

「過了這麼久誰會記得？」同學說。你卻是每晚都要想上一回。在父親最記不得事情的最後那段時間，他又回到許久以前那張笑臉。他只是安靜地望著你們，你也仍能跟母親一同沐浴，細數母親下腹的疤痕。

你是剖腹產的。臍帶差點繞頸，出生時有半個頭皮生不出頭髮。像清朝人。母親總笑著說。不知道是不是因此日後髮線高上一截。沒生頭髮的地方常長青春痘，發癢時你胡亂抓一把，隔天就爛成一片，稀疏的瀏海刺到傷口，傳來一陣細細癢癢的痛。像過去養的小兔子啃咬你的手，手上一排密密的齒痕，那癢彷彿直搔到背脊。為此你額頭常駐潰爛的傷口。

膝蓋上的傷口倒是消不去。一塊瘀青。那是你跪著送別父親時留下的。站起時你還以為那是地上的沙土或落塵，怎麼也搓不掉。

你們家養的小兔子沒多久就死了。沒人知道為什麼。草草埋掉，雙掌合十拜了拜。你想起自己在那時就已經背起某部佛經。每日三餐都誦過一次，持續七天。那之後沒再念誦過，卻也忘不掉。像是記著備用，反而讓你感到不祥。後來查了網路資料才知道，原來兔子不能洗澡。

父親冬天走的。那小鐵門的另一端是炎熱的夏天。你幾乎要睜不開眼。一切終於結束後的那天起，你整整生了一整個月的結膜炎。在那天之前，你每日沐浴在薰人的線香之中。前來拈香的親戚，看見你那雙被線香薰得紅腫的眼，露出了欣慰而勉勵的微笑。

就送到這裡，繩子要放掉了……像是想起什麼，你這時才幾乎要哭出來。車內，父親的牌位安放在你雙腿上，你突然意識到父親的重量。

火化場四處都是靈車。各家法師念誦各家禱文。帝鐘引磬交響，集體的悲劇。眾聲之間，你其實聽不見，卻又像什麼都聽見了。

離開的路上經過靈堂，下一組喪家已經進駐，你認出了那幾個燈籠。靈堂外有一群狗，黃色黑色虎斑雜處，直到這時你才看見。

辦完喪事回到學校，回到以前的生活。圖書館的老者依舊，讓人安心。面前依舊擺了好幾大冊報紙。

你走經他桌子，屏住呼吸，放輕腳步。你那麼安靜，以至於老者完全沒有發現你。你看見一張黑白照片，是一位穿和服的女子對鏡整理儀容。和服已脫了一半，露出細細的頸子、肩膀和背。肩胛骨淺淺地突出。鏡子裡的女人調整髮髻，表情嚴肅。

你看到呆滯，就這麼站在老者身邊。

直到老者輕輕嘖了一聲，你才回過神來。你感到老者的眼神瞪著你，直到你終於回到自己的位置上。其他幾大冊報紙都夾了書籤。

閉館前，老者將書籤一一夾回書中。又不斷開闔幾次，或直接拿起翻來倒去，確認書籤穩穩地固定了，才放上還書車。

下一次進館，你搶在老者之前把那幾冊報紙都借來。書籤仍在。標起來的那幾頁都是那位女子。或整理髮髻，或補妝，或只是靜靜跪坐。鏡子映出的表情都同樣嚴肅。你才知道，這麼久的時間以來，那老者一整天，都只是盯著同一位女子看。

你慎重地把書籤夾了回去，學著老者的方法，再三確認書籤不會掉出，才又放回書架上。放回去後，那天你不斷想起那個女人。照片裡的鏡子上，似乎總有一小塊水漬，而你不知道，那塊水漬究竟是在鏡子上，或在書頁上。後來，當你再看見那位老者的表情，只覺得想哭。

那讓你想起住在麵攤後頭老屋子裡的老頭和大白狗。那天，他們一如往常走在路上，忽然遇到街坊的小流氓找碴。左鄰右舍只是看著，大家都好奇老者到底會不會開口。

聚集的人越來越多，後來連車子也停靠路邊。你這時發現，住在社區的人真多。另外一次這麼多人聚在街上，已經是上一回晚上停電時了。

那大概是那條街巷最安靜的一日。深怕任何噪音，都會蓋過那老頭可能的話語。

某台不解風情的車子按下喇叭，眾人才像是突然醒過來，也像是突然明白，老頭是不可能開口的。

旁人開始鼓譟，小流氓需要一個台階下。猶豫了一下，踹大白狗一腳，大白狗沒吭一聲。小流氓則大搖大擺地離去。

你忘了那天大家是如何疏散的。也始終沒人知道是誰按下那聲喇叭。不過你還記得，在那聲喇叭後，老頭抬起臉來，你以為他要說話。但他只是瞪了車子一眼，好像那台車是某種惡行的禍首。那表情只一瞬，老頭就又低下頭，似乎該說的，在很久以前就已經被說盡了。

你一直站在原地，看大家散去。直到街上只剩下你與老頭兩個人。你從沒覺得這條街有這麼空曠。

他突然轉過來看你。你想起那位鎮日在圖書館內翻閱同一位女子的老者。他張開空蕩蕩的嘴，而你完全沒有心理準備。

但他什麼聲音也沒有發出來。只是張著嘴。

父親的最後幾個月，已經無力控制顏面肌肉，只能發出「啊——」的聲音，口水滴在前襟，染出一片深色的區塊。

你曾經養過一隻兔子，總把你的枕頭舔成一片溼。那時候你想，很快就會乾了。

父親失能的最後幾個月，那是你與父親說最多話的一段時間。你不斷地說自己的事情，從你有記憶以來。

甚至從你已經沒有記憶時的事情說起。

說到你們立場總是相左的政治議題時，床會發出輕微的震動。這時你會停下。這是你們最大的爭執了。

父親離開後，你也回到學校。有天你突然想要按著老頭與大白狗的路線走上一回。從麵攤開始。你走得很慢，慢到能看見巷弄裡的小貓，在堆滿雜物的死巷陰翳中與你對視。小小的眼睛看起來像是唯一的光源。你不禁想起那隻早夭的兔子。

路人會回頭看你幾眼，但並不真的覺得你很奇怪。

日光怡人，你脫下鞋子。柏油路不如想像中滾燙。

直到再度回到麵攤，你轉進攤子旁的那條小路。從小路口就能看見水泥砌的甕形花圃。你靠近它。最後站在它前方停下。你踩在那雙大甕花圃前水泥地上的腳印，好像是誰走到那裡，就忽然忘記怎麼走了。

你也就停在那裡，想著自己從哪裡來，接著要往何處去。

失語

我還記得那天的場景是這樣的：我與家人正走在百貨公司美食街，兩邊是高級餐廳透明玻璃，裡面的人們吃著擺在餐盤裡的高級定食，卻像動物園餵食秀似的。脫韁奔跑的小孩們，尋找孩子的大人，緩步的頭髮花白老人、手勾手或搭著肩的情侶圍繞在我們身邊。

那時是冬末，五顏六色的暖色調的大衣、圍巾、毛帽、長褲和長靴配成套走在路上，看著反而暖了起來。突然前方有個全白色的人進入我的視野。全白色的人，站在一個白色的箱子上，街頭藝人那樣，用機械式帶著頓點的動作向路過的人招手。我說的全白，是連著臉嘴唇耳朵脖子手……都是無血色純白的。那人眼睛很小，成一條線。手上帶著一隻白色貓頭鷹，看起來像是那貓頭鷹腳爪抓勾住手指，但我看了一會兒發現其實是那人用手指夾住貓頭鷹的腳爪。

貓頭鷹的白，跟那街頭藝人身上明顯是化妝的純白色不同，而是具有生命力的，只要仔細觀察就會發現沒有一處是完全的，均勻的白。

好幾個小朋友圍在街頭藝人身邊嬉鬧，街頭藝人不為所動，如站哨衛兵，貓頭鷹也是。他只專注向路人招手，不發一語。即使有人投錢，他也僅以一極小的角度鞠躬，勾起肉眼幾乎無法察覺的微笑，似乎是要避免臉上厚厚的化妝粉或顏料層龜裂一樣。

從那一天起，只要到那間百貨公司的美食街，必然會見到那人。那是街頭藝人嗎？母親問。但我沒看到任何街頭藝人的證明，應該不是吧。我說。雖然如此，總比車站前面那些用伴唱帶配上拙劣歌聲製造噪音的人好多了。

那種全身塗成單色（金屬色、黑色、氧化鐵紅色……）操著機械化動作之人只有在街頭，尤其是大城市市中心或文藝特區那類的地方，才能見到。不過通常會配上音樂，把動作分割成合著音樂拍子的幾個更小的動作來完成，技術更高超者，會在重拍之處肌肉突發收縮，製造更明顯更大的震動。

我有看過一種，要投錢進去才會開始動作的街頭藝人。最妙的是，一放入銅板就會開啟某個隱藏機關，音樂開始播放，而街頭藝人會完成一段舞蹈，並且與投幣的人互動。比如搔搔小朋友的腰窩，引起笑聲和尖叫，或是擊掌，或是變出一朵原本不知道藏在哪裡的花……

但我是第一次見到帶著生物的表演者。

其實我連那隻貓頭鷹是不是活著都不太確定，那種生死未明的狀態讓我想到家裡附近的籠子。

籠子裡有一條狗，說來真巧，那狗也是白色的，看起來像是博美或狐狸犬。我每天出門回家會路過兩次，只要經過那家門口狗就會衝撞籠子對著我吠。某一天我再經過，那狗只是躺在籠子裡動也不動。那之後又過了幾天的一個晚上，籠子已經被罩上一塊白布簾，從外面只能透過微弱的燈光稍微窺見，籠子角落擺著一個放滿飼料的鐵碗。

隔天早上再看，碗是空的。

原來狗還沒死。我這樣想。布簾的用處真大。隔起來就看不見外面，自然無從吠起。

大概一兩個月後，我與朋友在家附近的咖啡廳待到凌晨才準備要回去。一樣是那個騎樓和昏暗的燈光，但這次有團黑影窩縮在籠子前。籠子發出輕微的碰撞聲，好像有什麼東西在動。

我走近一看才發現，是那家狗兒的主人。雖然燈光不亮，但已經足夠讓我看清楚他的動作。

他正在把籠子裡的狗的上半身拉出籠子外，一手揑著狗的雙頰把下顎撐開，另一手把一些不知道是什麼的東西使勁往狗的嘴裡塞，後來整隻前臂都進了狗的嘴。那狗的身子僵硬，四足在塞食的過程中連動都沒有動，下顎也鬆垮垮只剩皮膚連接著頭部。

我憋氣快速走過，回到家只覺得反胃，乾嘔幾次，整晚睡不著。

隔天一大早我趕忙走到籠子邊看，那碗已經是空的了。

後來再到那間百貨公司，我便不斷想要確認那隻貓頭鷹的死活。

*

「大哥哥為什麼要把臉塗成這樣呢？」我面前的孩子拉著他父親的手問。

「因為這樣他就不會被認出來了。」父親和藹地回答那孩子。

那孩子似懂非懂歪著頭，遲疑地點了一下，就牽著父親的手離去。

一天裡面，有很大部分的時間，我都只能像這樣聽別人說話，而不能回答。通常也不會有人認出我。在這路段上，像我這樣的街頭藝人有好幾個，不是每一個人每天都會上工。我就曾經走在路上，看到我平常站的位置上有另一個銅像立在那。

「是昨天那個哥哥耶。」小朋友歡快地說。

「對啊，跟哥哥揮揮手。」那小朋友的母親輕輕拉起那隻如肉球小手。

不過昨天是我站在這。

這裡的人，每個人都做同樣的裝扮，同樣的音樂，同樣的動作。我在國外不是沒見過街頭藝人群聚的地區，但這種情況還是第一次。

我想起一個朋友，大家都叫他慶仔，我們小時候是班上最調皮的人。不管有什麼壞事發生，玻璃破掉、女生尖叫、廁所馬桶水溢出屎尿四流、黑板被指甲刮成一道一道……老師第一個喊的名字一定是：蕭青！陳家慶！你們給我過來！

在老師面前，只有慶仔敢回嘴。慶仔的台語跟英文最好，老師則是音量大，但國語比起台語氣勢上弱了一截，慶仔說起台語又像是外語，老師竟沒得插嘴的餘地，最後坐在教室後面哭起來，慶仔則是一臉得意回到座位上。後來聽說他是國外回來的，自由跟個人主義的空氣吸多了。吸顛了。媽媽這樣說。你可別學他，離他遠一點知道嗎！

跟慶仔走得近，雖然總會被一起叫過去，但全校老師為了罵他，無不絞盡腦汁，輪到我時，他們早已用罄罵人的詞彙和力氣。我什麼話都不用說。老師似乎發現這個現象。

有一次鬧得大了，慶仔把校內一個混混打傷，混混的老爸是議員。那天只有慶仔被叫過去，我跟著他到校長室外面。他進門，我在外面透過縫隙偷看。議員火冒三丈指著校長鼻子罵，口水噴得校長眼鏡都霧了。

「你們學校怎麼有這種野人，萬一我孩子視力或智力受影響你能給我交代嗎，你賠，你賠得起嗎！」

我只能看到慶仔的背，細細地抽動。他在憋笑。他智力本來就有問題。他一定會這樣說。我在校長室外面也笑了起來。

突然一雙高跟鞋咯咯咯而來。剛聽到聲音，沒一會兒就到了我面前。

「阿姨好。」那是慶仔他媽。

「嗨，你就是阿青吧，家慶常提到你。」阿姨笑道。語畢，敲門入校長室。

我這才看清楚校長室內的情勢。那混混一臉茫然坐在牆邊的沙發上，頭上纏了紗布，包住鼻子，像卡通中的小偷那樣裹起半張臉。紗布已經滲出血跡了。

「你自己看看你兒子做了什麼好事！」議員衝著阿姨怒吼。

「我知道，我知道，所以我這不是來了嗎。校長你先不要說話，我是來救你的。先生你也是，你知道如果我不來，你兒子早就被我兒子打死了嗎？」

那議員聽阿姨這樣說，反而愣住不知該作何反應。我看到慶仔偷偷轉過頭對我做了鬼臉。

誰叫他要在我面前逞流氓。隔天我問慶仔為什麼要打人。他說，什麼哪裡是他地盤，老子才沒信他這套，莫名其妙跑過來要人聽他，哪有這種事。

畢業之後我跟他就失了聯絡。只聽說他似乎四處到工地做粗工，也沒繼續讀書。可惜他一口好英文。老媽說。

隔一陣子聽說失蹤，又有以前同學說是死了，在黑道火拼，還是在跟警察的槍戰之中，傳聞越來越誇張，到最後那些話語已經沾不著現實的邊。

問我老媽，老媽只是支吾著說，那人就嘴巴厲害，惹禍了。

惹了什麼禍，惹上誰，沒有人知道。聽到消息後的那一陣子我說的話很少，一天裡幾乎說不上五句話。不管誰問我都不說。老媽帶我去收驚，老師一知道，硬是帶著我去看醫生，我才開口說話。好像什麼都沒有發生過一樣。

後來在某個廟會中，我往陣頭裡看，發現慶仔成了八家將其中一員，被畫上白底大花臉臉譜，頭戴家將帽，手持羽毛扇和法器，身著肚兜，腳踩草鞋。

我一直等著表演結束，想要走到那群穿著宮廟制服人牆裡面，卻發現自己再也沒辦法往裡面走。

日行列車

火車推著日光前進，陰影被拋在後面。

才過一下子，天空就暗了下來，適當地。鐵軌旁的植物不再熠熠反光如過曝相片，讓人可以一瓣一瓣看清楚每個葉片的形狀，以及那些在日頭最盛時被過度刺眼光線隱藏起來的所有細節，比如狀似血管的葉脈，以及葉面上一層薄薄的避免水氣蒸發的蠟質。

有光的時候，它們每個瞬間都在長大。我們所看見的都只是殘影。

無光也不總是好。我還記得，小時候家裡總是昏暗，我沒辦法看到其他人的臉。只有一圈人形的、內部被塗滿的輪廓。

在鏡子前，我甚至沒辦法看清楚自己。

母親不喜開燈。

她藉著從窗外進來的些許反光，判斷每個物品的位置。

一開始（其實我早忘了何時開始），在黑夜完全罩住整個房子後，母親會不甘願地開燈。因為我看不到。開燈後，母親瞇起眼睛，皺著眉頭，繼續手邊的工作。

後來我發現，有很多家事不需要光線。實際上，只要我願意，不管做什麼都不需要光線。

我猜想這是母親對抗家務的方式。不開燈，或乾脆閉起眼睛，在進行機械式的往復動作時關上某個感官，騰出空間給大腦思考。似乎就可以在無意義的動作中靠自己製造出意義。

久而久之，我練就暗中視物的能力。甚至可以摸黑在浴室刷牙、洗澡。

我慢慢喜歡上待在暗室裡的感覺。

小時候我睡的是上下鋪。母親說，隨便你喜歡躺哪個。

我總是躺在上鋪，底下的床位用來放衣服。有一段時間，我會把隔天要穿的衣服搭好擺成人型，好像我有個弟弟。但母親進房就會皺著眉頭把它弄亂。幾次之後我就不這樣擺了。

如果你躺在上鋪，就能跟我一樣透過冷氣與窗子的縫隙看見遠方市中心燈火通明，光點的數量多得像是城市那遙遠的另一邊才剛剛進入夜裡而已。

「同學們，我們在上課的現在，地球另一側的人正在睡覺喔。」國小社會課，老師教到時差。在其他同學都沒辦法理解的時候，我早已切身體會到時間的奧妙。

我看著窗外。城市裡的微小時差。距離本身包藏著時間。然而開燈後就看不到了。

升上中學後，我時常開著燈熬夜讀書，睏了就往衣服堆裡倒，很少關燈。天亮醒來，像是永晝。遙遠的城市只留在記憶裡靜靜發光。

冬天日頭離開得早，上完輔導課常常已經烏暗暝。

母親騎機車接我回家途中，要經過平交道。一串夜車亮晃晃穿過平交道，把平交道遮斷桿兩側車陣的影子拉得長長的，像是森林，樹影隨著車身喀囉喀囉震動。

我緊緊環抓母親的腰，窺見母親皺起眉頭，瞪著那條從列車窗戶洩出的光線。

列車速度更快一些，一格一格的光點會連成整條光軌。

中學叛逆期，我常跟母親吵架。晚上留在學校讀書，總要搭最晚那班車回家。坐機車時，身體離得老遠，抓車尾的把手。經過平交道，在後座想起母親那對皺起的眉頭，心裡感到得意。

有一次睡著在車上，醒來的時候，火車已經在縣市交界的車站。問了站務員，還有末班車。我孤身等在月台。

「搭過頭了，會晚點回去。」我打電話給母親。電話裡傳來平交道的鈴聲。

「好。」

出了車站，母親已等在站外。睡眼惺忪，什麼話也沒說。經過平交道，母親的眉毛想必已經無力皺起。我卻得意不起來。

回到家裡，凌晨十二點半。我輕手輕腳推開紗門。無明暗室中，憑身體記憶躲開餐桌沙發，經過主臥室房門，裡頭傳來斷斷續續的打呼聲。

最後終於順利回到我的房間，書包丟在牆角。沒有要讀書，但我還是開起燈來，到另一個國度。

＊

父親什麼時候變成這樣，我已經記不清。只知道那時應該是六月底。因為我是正心情浮躁期待暑假到來地寫著國小不知道幾年級的最後　次段考考卷時，被母親從教室拖去急診室的。

我個頭尚小。抓著母親衣角，拚命踮起腳尖，要看清楚床上那人。

「爸爸怎麼了？」

「沒怎麼樣。」

病床上有機器，架在兩側扶手上，中間對準病人胸口的位置，有個類似活塞的構造，抵著父親胸口，不斷向下壓擠。父親面無表情，好像那機器不過是一隻在他身上玩耍蹦跳的小狗。

日後聽老師在教ＣＰＲ時，我都會想起那個畫面跟機器。

那時只覺得好玩。布簾外，我的身體跟著機器上下節奏律動。看父親眼睛閉著，似乎很舒服。

急救課的考試上，我兩臂打直，雙掌疊起，掌根對準兩乳頭連線中點後，腦袋又浮現畫面。我跟著節奏，輕快地把動作完成，拿到全班最高分。

安妮則躺在地上，雙唇微啟，等著下個人去救她。

那是我最後一次看到安妮。

聽說下一屆，有位學弟把偷帶來學校的菸點上，插在安妮的嘴巴裡，被老師發現。

後來聽其他學弟說，老師再也沒有把安妮拿出來過。插在安妮嘴裡的菸，傳了好幾屆，到我大學快畢業時，聽見剛入學的同一個中學的學弟說，那根菸已經勃起脹大成為不知道誰的屌。

那位健教老師隔年就退休，來了一個年輕女老師，課程來到性教育的那幾週，每每被同學的黃腔逗得滿臉通紅。

「有人的父母現在還會做愛嗎？」老師故作鎮靜地問。對一個面對成群青春期男性的老師來說，她已經做得很好了。我卻不自禁想起父親。

「爸爸是怎麼了？」

「抽菸抽壞的啦。」母親清理尿壺時，憋著氣回答。母親對暗室裡所有物品的位置熟知於心，不過難免不慎碰到什麼。偶爾濺出幾滴尿在她自己的褲子上，或地上，或床單棉被。暗室裡看不見那滴尿的去向。我不知道那滴尿去哪裡，母親心裡會好受一些。

收完後，母親坐在陽台抽菸。火光微微，什麼也照不亮。

我沒看過父親抽菸，那應該是很久以前的事情了。

父親聽見了。但他只是癱在床上，偶爾發出低吼。雖然說是低吼，但這動詞的力道對他來說還是太強。他發不出那樣的聲音。不過我想，如果他知道我這樣說，一定會很高興。

房間的燈和窗簾，在父親變成這樣之後，就沒再開過了。
永夜跟永夜接續，好像時間就這麼停下來。
曾經有一堂美術課的作業是畫父親的臉。我趁母親出門，把房間燈打開。日光燈照在父親臉，以及厚重的棉被上。棉被隱隱拓出父親的身形。
父親原本乾癟的皮膚似乎逐漸柔軟。像是植物在太陽底下，便要盡力伸展以爭取日光。我感覺父親的身體又抽長一些，萎靡的線條飽滿起來。
我拿了一張板凳坐在床邊，慢慢在紙上刻出父親的輪廓。輪廓我已經很熟悉。倒是五官，好像是我第一次看清楚那張臉。
我正畫得出神，母親突然開門進房，一把搶下畫紙，什麼話也沒說，把燈重新關掉。
但我已經記住父親的臉了。最後順利把作業交出去。
我還記得，老師打完分數把作業發回來時，指著畫紙上用凌亂筆觸塗滿的全黑臉孔問我。
「你怎麼亂畫。」
我不知道該怎麼解釋。幸好後來，很少有人問我這種問題了。
父親只是靜靜躺在那裡。
但我已經在日夜遞嬗中，從一六八公分長到一八六公分。

在列車上的日與夜，比時間進行得更快。當火車駛過站與站之間的黑暗，月台上的光照進車廂，車廂裡面就好像又經過一天。

開始通勤上學後，我在火車上身高抽長得越快。每天，都感覺自己比前一天更像大人一些。

某次在我旁邊，有一對祖孫互相靠著，四隻眼睛緊盯著一個小小的手機螢幕。一開始是在看MV，音樂大聲地放出來，像深怕別人不知道他們多喜歡那個樂團。後來祖孫不知道跟誰講起視訊電話，對方似乎在台北，也許是某個親戚，也許是孩子的母親。你要去哪裡呀？電話那頭的人，細細的嗓子。孩子看著螢幕笑開懷。

我斜眼竊看螢幕。

螢幕上是一個男人的臉，雙頰和眼窩凹陷，口中一條粗度與手指相仿的插管，嘴巴則用膠帶固定管子。枕頭上印有某間醫院的字樣。

男人嘴巴開闔，拉扯透氣膠帶，每每差點扯掉。

孩子看著男人不斷說話。電話那頭則不時以細細的咯咯笑聲回應。

「媽媽再見！」最後孩子對著男人的臉說。

再見囉。細軟而愉悅的聲音從電話另一頭傳來。

「真懂事。」那祖父摸摸孩子的頭。

沒多久，那對祖孫就下車了。我也終於可以繼續睡覺。
我仍不知道那個小男孩到底懂了什麼，不知道他眼中的世界是什麼樣子。
再度醒來，才只過幾站而已。但剛才發生的一切，似乎已經是很久很久以前的事情。

*

聽見開門的聲音我就起來了，又是對門阿姨跑來家裡哭。
因為家裡不開燈，妝哭花了沒人看見。
隔天一早我才去問母親，母親一說起來沒完沒了。
「真可憐啊，」母親也不管我有沒有在聽，自顧自說下去。「她老公到大陸工作快要十年了吧，賺了錢寄回來，一點也沒少，攢了多久給她買這間房，結果……」
之後想起來，母親應該是在考慮這種話題適不適合小孩子，因為她停頓了一下，才終於忍不住繼續接著說：「好幾年沒回來，結果她在台灣就懷上兩個不知道誰的種。滿月的時候她老公還特地趕回來，喜孜孜地到處敲門發紅蛋，也不知道是裝傻還是真瘋。
「沒過多久，生活習慣不合，她老公又回大陸去了。」
母親這時才回過神，揮手把我趕走。「小孩子別聽這個啦。」
「那阿姨哭什麼呢？」

「說孩子到了會找爸爸的年紀，她不知道怎麼辦……小孩子別聽這個。」

那家的小孩到底有沒有找到父親，連最常跟她們來往的母親都無從得知。過沒多久她們就搬走。聽說搬去市中心，原本這間就租給學生。

對門阿姨離去幾個月後，有個男人在她們家門口徘徊。男人的手放在門鈴按鈕上，卻遲遲不按下去。

就是那人了。母親說。

摁了門鈴，開門的是剛入住的學生。

原本我跟母親要出門，看到這景象，母親又拉著我躲回家裡，她從貓眼看出去。我則是身高不夠，只能把耳朵貼緊門。

「請問……你們什麼時候住進來的？」

「一個月前簽約，上個禮拜搬進來而已。請問你是？」

「那我知道了，不好意思……不好意思。」

聽著男人的語氣，我幾乎可以看見那景象：一個男人在門外不停鞠躬道歉，好像他跟那間房子一點關係也沒有。

我實在忍不住，把門輕輕拉開。

學生在門內顯得不知所措。

「沒事，沒關係的。」剛把男人扶起，男人又鞠下腰去。

「可憐啊。」母親說了這句，就回頭走進客廳，坐在沙發上。

我不知道母親說的是誰。

男人道歉完，轉過身來。我趕緊把門帶上，發出細微的碰撞聲。

耳朵貼近門。聽著腳步聲靠近，在門口停下來。沒有敲門，沒有按鈴。

我終於忍不住。剛把門打開一條縫，就聽見樓梯間有人在哭，聽得出來那人刻意壓低聲音，只一陣一陣倒抽著氣。

男人坐在樓梯上，靠著牆讓出半條路，頭埋進兩膝間，身體規律抽動。

那天，我們最後沒有出門。

男人則一直在樓梯間坐到半夜。

我把門關好，跟母親一起坐在沙發上。母親的眼睛直勾勾盯著前方蒼白的牆壁。

皮質沙發剛坐下去會有陣涼意。時間一長，熱氣累積，接觸沙發的背部和臀部被逼出汗。水氣蔓延，母親的眼淚也跟著撲簌簌停不下來。

*

下雨時天空混濁，對母親的眼睛來說像是休假。只有捕蚊燈在角落孤獨地用高壓電燒灼蚊子。偶爾才一聲啪一明滅。其實連是不是真的電到蚊子還是什麼灰塵都不知道。

母親應該也是某種吸引趨光動物的光源，否則姑姑怎麼不時便往家裡跑。我想起那根發出無力火光的菸。

姑姑往往一進門就把燈全部打開，整間房子被照得通亮。長期待在昏暗中，母親的眼睛脆弱而敏感。被刺得瞇起眼，皺眉頭，好一段時間只能閉著眼睛講話。有時姑姑來的頻率高，母親也就好幾日都沒辦法睜開眼睛。

姑姑是來看父親的。姑姑來的時候，父親才會繼續變老。也許父親心中，姑姑是類似上帝或時間之神的存在——姑姑說要有光，就有光。

我平時就習慣光線，只消幾分鐘就能完全適應。母親則不然，只能趴在沙發上，像是吸血鬼被日光曬得動彈不得。我常常在房門口看姑姑如何艱困地翻動父親、如何掀起父親的汗衫檢查他身上的褥瘡。

小時候，只有母親為父親擦背，將父親翻成側身時，我才能在床邊被父親俯瞰。他一雙眼睛無神，搜尋我。爸爸。我喊。他終於找到方向，但沒辦法對焦。暗房裡，其實我也看不清楚他。每一次姑姑來開燈，我都會更新父親的臉、五官和那對混濁眼球，然後試著儲存起來。即使常常只是徒勞。

當父親被翻動時，我會聽見他全身骨架髂髂作響，看起來簡直像是正用滋滋滾燙油鍋煎著魚。

印象中，母親不曾煎魚。嚴格地說，她不煎一整條有頭有尾的魚。去菜市場經過賣魚的販子，吳郭魚通常會是最多的。一尾一尾疊在桌上，不斷蜷起身子掙扎，拍打桌面，用沒靠桌面的那側的眼睛盯著人看。新鮮的倒也還好，眼球清澈。不新鮮的魚，眼球會呈現混濁狀。光是靠近，腥味好像就沾在身上。

母親會嫌惡地側過頭，挑買那些沿垂直魚身方向片下的鮭魚或土魠魚。

直到她受不了，便把父親送到養老院去，一個周末，或一整周。

那裡有種奇特的衰亡氣味。初次進入養老院，站在門口就可以聞到那股難以忽視的氣味，撲鼻，不，幾乎像是有意識的，氣味精準地鑽進鼻腔中挑動味覺受器，引發腦袋想要打個噴嚏。

起初我以為味道的來源是鑲嵌在父親那些件泛黃的、領口坑坑洞洞的舊汗衫們纖維中的汗液鹽分結晶，那種時可見街上中老年男子搭配西裝褲和皮鞋穿出門的款式。後來發現，那味道似乎來自人體本身。

母親帶水果給父親，站在床位前。父親則一如以往，從未離開家裡似地靜靜躺著。

我跟母親坐在床邊的冷冰冰鐵椅上。窗簾沒有拉上，日光斜斜照進房裡，在地上標出一塊照得到光的亮區。父親躺在離窗戶最遠的位置。

室內溫度低，呵氣會吐出一團白霧。但鐵椅坐久了，感覺就不這麼冷。也許是身體溫度變低，或是鐵椅變得溫熱。我們在那裡待一整天。下午的時候，院內變得昏暗，像回到家。看護每一個小時會來幫父親翻身。看護一來，母親就放下皮包，站起身，在一旁幫著拍背。

父親的背部肌肉失去彈性，碰到的地方會凹進去。每翻身一次，背上就都是手印，久久才回彈。其中有幾次，母親的手拍上去，便像陷進流沙或沼澤，手與父親的背之間變成真空。把手拉起時，發出類似放屁的、輕輕的「噗」一聲。

離開的時候，我似乎聽見父親用沙啞而細微的聲音，吼了一聲，試圖叫住母親。母親沒有聽到，逕往門口走。我回頭看。父親的手在空中攫抓，但什麼都抓不住，反而更像是掙扎。

＊

見不得光，我從未邀同學到家裡。

在網路流行起來之前，班上那些要好的同學，會在假日邀請對方到家裡玩，父母則以小點心招待孩子的朋友們。

每個禮拜一，大家就在教室裡圍成一圈圈，圈圈的中間擺著被悄悄分享的那些最新的漫畫雜誌、電動遊戲、腳踏車，甚至成人影片。後來講得興起，圈圈跟圈圈互相較勁嗓門，到最後全班都知道哪個東西是從誰家裡帶來的。

整個班上，只有我沒親眼看過那誰的家裡有最新最大的電視，電視裡有女人脫光光對著攝影機掰開特寫胯間鬆垮垮肉翼；誰的家很大，後院有池子，池子裡有二十六條大鯉魚；誰的家在很高的地方，有五六十層樓，電梯從一樓到頂樓只要五十秒，上升過程，耳朵裡面像是有什麼在膨脹……

我沒有邀請同學到家裡來過。但我並不是沒去過別人家。唯一那次是一個我很喜歡的女孩子邀請我的。

還記得那是個陰天，雲跟天空糊成一團深淺不一的灰色色塊。我照著她給的地址，仔細數著每一戶的門牌號碼，二六七，二六五，二六三……深怕漏掉任何一個數字。最後來到一排令人失望的，四處皆可見的老舊國宅。

外牆瓷磚剝落，露出底下斑駁水泥。管線雜亂無章地掛在每一戶人家窗外。每棟的頂樓皆有一鐵皮屋加蓋違建。鏽蝕的紅黑或綠黑交雜的窗花。整排紅紅綠綠鐵門，只有一扇門被漆上暗灰色，兩邊夾著隔壁服飾店的大紅色牡丹刺繡唐裝。門邊的信箱，帳單廣告紙超市折扣價目表呼之欲出。

那真是最普通的人家了。

女孩住在那棟樓的頂層。沒有電梯，要走五層樓狹窄樓梯。她在前面帶頭，沿途打開樓梯間的燈，我在後面看著她的屁股，透出淺淺的內褲痕，一面聽她說話，一面專心地把她的沐浴乳混合汗水的氣味從其他菸味、臭酸味、鐵鏽味……中，在鼻腔裡分離出來。

「小心喔，」她邊走邊說，對著前方。「不要碰到牆壁，很多灰塵。」聲音撞到牆面，才反射進我的耳朵。聽起來很遠。有時候回想起來會覺得，那些話並不是對著我說的。

終於抵達門口，已經六七十秒過去。對門的鎖是空的，我剛要問，她已經開門要我進去。

剛在樓下，還是中午，一進門，天就暗下。

從門口望入這個促狹的空間。四處堆疊的紙箱。餐桌堆滿過期雜誌、零食、空罐頭和空瓶……我四處看，看見廚房水槽裡的碗已經漫溢出來，滿出來的碗東倒西歪躺在桌面上。看見桌上的藥盒子，我才注意到阿姨已經開了燈。

我用眼角瞄向門未關的房間，房門邊露出一隻小腿，皮膚緊緊貼在骨頭上無有皺紋。我記得那腿，差點喊出爸。才想起，父親的那雙腿往往藏在棉被裡。

「你好啊，午安。」女孩的母親小小的臉上也堆滿笑容跟皺紋。「不好意思，家裡有點亂。阿育，怎麼沒跟媽媽說有同學要來呢？」

「阿姨好。」

女孩拉住我的手，急急走向房間。她的房間跟外面一樣亂，陰暗無光。隱約知道衣服沒有摺過就堆在床上。桌上的書歪歪斜斜，好像只要我呼吸太用力就要倒塌。我小心翼翼地不破壞房內微妙的平衡。

我記不得為什麼她會邀請我，為什麼我會答應。以及那個病懨懨的午後，我們到底在那間連呼吸都嫌沉重的房裡做了什麼事情。

我以前曾經跟那女孩子上過同一堂游泳課。我們常常一起憋氣，沉到水裡，把氣吐掉，看誰能在水底待得久。我透過蛙鏡看她，其實我有重度近視，根本看不清楚，以至於我不知道她是用什麼樣的眼神，什麼樣的心情看我。

她是看著我，還是看著我憋氣的痛苦。

憋氣比賽平常都是我贏。不過在最後一節游泳課時，不知怎麼，她憋了足足有我兩倍時間久。久到我以為她沒打算浮上水面了。

「還是沒辦法吶。」她終於把頭抬出水面，抹抹臉，把蛙鏡推到頭頂。

我問她，是什麼事情沒有辦法。

「就是，」她手攀著泳池邊緣，撐起身子朝排水溝裡吐了一口水。「我也不知道，但我就是已經沒有辦法了。」

那是我們說過最多話的一次。

升上高年級，聽同學說，那女孩子沒來學校。

我也再沒去過別人家。只不過每一次想起那間屋子，都會感覺特別寂寞。好幾次特意到那附近，卻怎麼也找不到了。

自那女孩休學後（這只是我胡亂猜的），像是要把話存著留給誰那樣，我在學校漸漸不開口了。

其實也沒什麼好說的。

「對了，還沒去過你家耶。」我最怕別人這樣說。

「沒什麼好玩的啦，我家什麼都沒有。」

那時的自然課教到黑洞。

「同學們，」老師邊說，邊用手在黑板上亂塗，畫成一個筆觸凌亂的黑色圓形區塊。「黑洞的引力太大了，連光都逃不出去喔。」

課後，我不斷想，那麼連光都進不來的是什麼。

*

父親在養老院的時候，時間才終於按著日光前進。

每個禮拜，父親的臉上，都比上個禮拜更多了幾條細小的皺紋。時日一長，皺紋開始匯聚，終於長成完整的一對法令紋。

我跟母親都會從中午待到傍晚。也沒做什麼，就只是看著父親的嘴唇。有時死白，有時血紅。床邊的小茶几上放著一杯水，一根棉花棒擺在紙杯旁。只要嘴唇開始長出裂紋，母親就會用棉花棒沾水，輕輕撫平那些紋路。

裂開，然後撫平。像什麼事都不曾發生那樣。

天氣更乾燥一點，看護會先幫每一床的病人在嘴唇上塗一層淡淡的凡士林，這樣母親除了拍背，就可以整個下午不用起身。

三個人在同個地方坐上安靜的整個午後。

「你不是要考試了，你就先不要來了吧，在這裡又讀不下書，不用浪費時間。」

「沒關係。」浪費時間不是什麼嚴重的事情。更準確地說，根本沒有時間被浪費掉。

日光斜照，透過空氣中的灰塵隱約見光鋪成一條小徑。

我曾在市中心的待拆建物中走過那樣的光的密道。走在其中，感覺明亮而溫暖。隨腳把土塵踢起，那路就更清楚一些，好像更知道要往哪裡去。

建築物中隨處可見鳥巢。幸運的話，可以看見小鳥從巢中探頭。

父親不知道從哪裡撿來一個落在地上的巢，裡面還有幾顆未破的，表面帶斑紋的卵。

父親輕手輕腳地拿起其中一顆蛋，對著太陽，蛋殼薄可透光，有一塊陰影。

「那就是小鳥。」

「為什麼會黑黑的？」

「因為牠把光吸走了，這樣才能長大。」父親想了一下，又說。「你看樹下會有影子，也是因為光被樹吸走，樹才能長這麼高。」

母親拉著我的手到建物外。父親則把巢擺回角落。

我們又在外面待了一會兒，直到離去之前，都沒看到鳥飛進去。

「牠會不會長不大？」

「不會，」父親牽緊我的手，他的手潮溼溫熱，「只要有光，牠就會長大。」

「那媽媽的肚子也是嗎？」

「是啊，所以才帶媽媽到處曬太陽。」

母親聽到，笑了起來。夕陽之下，特別好看。

「真的嗎？」我轉向母親。

「是真的。」母親跟我勾起手指。

當下，我還不知道父親到底答應什麼。只是心裡隱隱有些感覺，亮亮暖暖的，像是在這之後，我仍會一直走在那條溫暖而明亮的光徑上。

＊

在我上大學之後，就很少回家了。

每個晚上都在圖書館待到閉館時間。

好幾次被關在漆黑的自修室裡面，只能憑著記憶，避開桌椅，慢慢摸著牆壁，抵達樓梯，緩緩下樓。像以前那樣。

幸運一點，在我走到樓梯之前，會有空的電梯停在同個樓層。

其實圖書館裡面並不會變成完全的黑。如同沒有什麼是純然的白。理解這一點後，圖書館暗室就不那麼暗。然而關燈的時候，仍常可聽見其他學生發出尖叫。

圖書館就是最普通無奇的那種圖書館，很多很多的書，以及在期中期末考周才會出現的人。

地下室有飲食區，可以帶食物進去吃。飲食區外有一台販賣機。

我是上了大學之後才知道，原來販賣機裡面不只可以放飲料，還能擺泡麵跟餅乾。好幾次，學生餐廳都拉下鐵捲門後，不會背棄我的就只有這台自動販賣機，默默在餐飲室門口發微弱的光。

有一晚，我再度錯過餐廳的營業時間。一如往常往地下室走去，沿路腦裡盤算著今天要吃哪種泡麵。地下室的燈很早就關了，我朝著販賣機的光走去。一直到我站在機台前面過了三分鐘，我才終於作好決定。

我從口袋摸出零錢，塞進販賣機的投幣孔。在投入足夠的硬幣後，我的目標泡麵的小紅燈亮起。有時候我覺得這很像在拜拜。對著發出紅光的神桌上的神明祈求之後，所有的幸運都像是受到保佑，是神明的賜予。

泡麵也是。

「泡麵是本世紀最偉大的發明。」忘記是哪個同學說過的，只知道他說的很有可能是真的。不然怎麼每一次戶外教學，或是畢業旅行，一到晚上，大家就會從包包裡掏出五花八門的泡麵儼然泡麵的萬國博覽會。

深夜站在機台前面的我，不能不同意那位同學的創見。

我近乎虔誠地按下購買鈕。

機器沒有反應。

又按一次。沒有反應。

又按一次。

在我按下第三次的時候，整個機台燈光滅掉。

我一個人待在幾乎完全無光的地下室。

已經很久很久，沒有一個人待在這麼黑的地方了。

地下室已經沒有空調。其實很熱，但感覺很冷。

上一次面對這種情況是，很久很久以前的某個晚上，我醒來的時候，連自己的手都看不見。我喊媽媽，沒有人回應，只從隔壁房間傳來粗重的喘氣聲。

我起身，憑著記憶要去摸開關，結果整個房間像是被倒置了一樣。在不該有牆壁的地方一頭撞上，或腳踢到門板。我坐在地上哭了起來。那已經是很久很久以前。因為母親很快就把燈打開，抱著我，父親拿萬金油要幫我把瘀血推開。

那時候是冬天，地板很冰，但流出來的眼淚是熱的。

我不斷按機器上的按鍵，或轉退幣鈕。渾身是汗，汗水爬進眼睛，刺得我闔上眼皮。我靠在販賣機上，感覺更熱。

有人嗎？我輕輕喊。有人在嗎？喊著喊著，哭了出來。眼淚舒緩被汗液醃漬的眼球，爬過臉上，感到一陣冰涼。

似乎是工讀生聽見，打開地下室的燈，他問你有怎麼樣嗎？我說，沒事，我沒事，謝謝，真的很謝謝你。

我胡亂擦乾臉上橫流的淚跟汗，感覺整個空間又重新暖了起來。

*

客廳的電視壞了。

那天回家時才發現的，告訴母親，她只說不知道。

我幫她把房間裡好的那台電視搬到客廳來，壞的那台我說要丟，母親不想。她只是蹲在門邊摸著它，嘴裡念念有詞，現在的人，東西壞了就要丟。

下一次再回家，母親已經把那台壞掉的電視擦得光亮，擺在臥室裡，不時就摸一下，眼神充滿關愛。後來我才知道，家裡所有壞掉的電器，都被這樣留了下來。

父親病危送回家的那天，母親也是這樣摸著他的遺體。

家裡的燈，久違地開了一整夜。

被禮儀師整理過的父親，好看得我認不出來。

現在才這麼好看有什麼用。母親說，一邊摩挲著父親的手。

整個過程繁瑣勞心，平時不見的親戚都露臉了，指責母親照顧不周。

母親只是安靜地坐著，像是什麼都聽不到。

火化那天，父親被推進一個大火爐中。

「他會不會覺得刺眼？」母親問。

「不會，」我說，「那些光會被他吸走，然後他就會繼續長。」

母親突然笑出來。

「那叫做繼續變老。」

記憶中，很少看過母親笑。就算有，也都是很久以前的事情。

我一直跪到父親被完全推進去才被法師示意可以起身。

外頭天氣晴朗，母親戴墨鏡，沒被衣物遮住的皮膚被曬紅，不斷滲出汗液。墨鏡下緣也不斷有水痕漏出，很快就被抹去。

家裡的燈又重新被打開。時間運行，像是要補足被止住的那段時間，母親的身體迫不及待地衰老。

她的眼睛很快就看不見了。長期身處暗室，過快地接觸光照讓她失明。

那時候我已經畢業，開始工作，可以負擔得起看護的費用。某次回家，看見客廳那台電視只剩下沙沙聲音，螢幕全黑。

問起看護，她說，母親堅持不換。

反正看不見，就不知道它壞了。看護說，這是母親告訴她的。

「妳知道電視壞了嗎？」我問母親。

「你說螢幕沒有光嗎？」母親好像想起什麼事情，露出神祕的微笑，「所以我變老了啊。」

母親摸上我的手，勾起小指。像是在說，那些推著日光前進、卻總拋不去陰影的時光列車，如今都已經走遠。

我伏在她的膝頭，不自禁哭了出來。

狗螺

後來再問起這些事情，阿嬤只說不記得了。不過除此以外的事情，她都能記得一清二楚。

阿嬤還記得那一天是阿公做頭七的晚上。她與眾女兒們擠在小小的靈堂裡，阿公則躺在靈堂之後。當晚師父悠哉悠哉地走來，一旁的禮儀師凝著臉，不斷與師父確認儀式和行程。

那禮儀師剛把師父要用的唄器擱在供桌上，轉過頭就發現眾姊妹們排排站著，趕緊又跑去殯儀館的儲藏室，滿頭大汗地拿了幾張椅子過來。

我阿姨們和老媽眼眶都是紅的。阿嬤則自己待在靈堂布簾後。她一會兒搓搓阿公的手，一會兒挲挲阿公油亮亮大光頭。我跟著進去，阿嬤剛好低頭在幫阿公整理襯衫領子。

「恁阿公，比之前擱卡緣投。」阿嬤招呼我過去看，滿意地說。我竟然想不到一個足夠好的回答。

阿嬤說起阿公的事情總是笑著。

「恁阿公昨暝竟然無愛呷飯，你看伊，有歲的人還按呢使性地。」阿嬤笑著要阿公吃飯。阿公緊抿著嘴，臉部肌肉蠕動，像要說什麼，卻礙於生理機能而說不出來。

「阿公，你加減呷一寡仔啦。」我靠在阿公耳朵邊說。

阿公把耳朵轉向我這裡，尋找聲源，好像想要聽得更清楚一點。

「加減呷寡啦！」音量增加。他這才心不甘情不願地張開空蕩蕩的嘴巴。阿嬤手上那碗稀飯剛好放涼，裡面摻入軟爛的紅蘿蔔泥和高麗菜絲，幾乎像是先在體外消化過一輪，才進到阿公身體裡。

阿公過世後，阿嬤親自準備每天的腳尾飯。滷肉、清蒸魚、三杯雞……拜飯時，阿姨們拿起香閉眼低頭一拜，上完香就到外頭聊天。阿嬤則自己一個人持香，對著照片念念有詞。有時候我都覺得也許阿嬤最後插上去的，已經是第二炷或第三炷香了。

那幾晚我都在阿嬤家搭伙。如果剩下的菜吃不完，阿嬤隔天沒辦法準備新的菜色。阿公挑嘴。即便臥病在床的時候，就算是稀飯，阿嬤也得變出好幾種稀飯輪替著餵。

有一次阿嬤上香，剛開始只是低聲碎念，卻越來越大聲。她跟阿公吵起來了。她在這時候才終於能夠反擊阿公生前的話。她抱怨阿公鬧脾氣不吃飯、抱怨阿公把外面的女人帶回家裡、抱怨阿公賭錢欠地下錢莊一屁股債、抱怨……

阿公回不了話。我猜想這是阿嬤最痛快的時候——我看見她偷偷哭出來。

*

我老媽曾斷斷續續地跟我說過家裡以前的事情。過去是有錢人家，開黑頭車，每天大魚大肉，花蓮祖又會煮，阿嬤嫁來高雄前學了幾手，要來伺候阿公。後來，地下錢莊的借據取代家裡的壁紙，鐵捲門則不時換個顏色。

老媽說，阿公年輕時英俊瀟灑，有錢時花錢上酒店。沒錢的時候，靠著那張臉，有個女人愛上他，自願掏錢幫他還債。

其實，愛著了，有誰是自願的呢？阿嬤若聽到，她會這樣糾正老媽。每次我想起來，都覺得阿嬤是在說她自己。

不過我印象最深刻的一件事情，是老媽告訴我，阿公曾經開夜車載阿嬤跟她們回花蓮的娘家。有很長一段時間我都不懂，為何開車回花蓮這件事情可以被老媽記得這麼久。

直到有一次暑假，大舅公從花蓮打電話來家裡，說大姨婆狀況不好。當晚老媽把車開去檢查煞車皮、油箱和管線，確認車體狀況沒問題，就載著我跟阿嬤往花蓮去。

沿途山路無車，僅有燈光引路。偶爾可以看見山坳裡、山腰上有幾戶燈火通明。

「這路比以前好開很多，以前的路太窄了。」老媽說。

「媽，你還記得爸爸曾經帶我們走過這條路嗎？」老媽問副駕駛座的阿嬤。

「記得啊，彼當陣，恁花蓮嬤聽說咱欲去，就開始包粽子了。伊包的粽子實在有影好食。」阿嬤一面說，一面用手帕擦了嘴角。

「我還記得那時候半夜到，阿嬤還叫阿舅先帶我們去吃消夜。」

「我們每次轉去，攏會予恁阿嬤餵得肥滋滋。」阿嬤笑了起來，「現在回去，是予恁阿舅餵。」

沿途蜿蜒，終於到了某一段直路上，視線昏暗，就算開遠光燈，能見度依舊不高。那條路太直了，然而空氣中的雜質太多，沒有誰可以真正維持直線前進。

你有沒有聽到什麼聲音？老媽突然問我。我屏住氣聽。是吹狗螺。一開始聽感覺很遠，從山霧的另一端傳來那樣，然後慢慢靠近，帶點水氣。我有種感覺，如果那聲音再靠近一點，我就能直接看見那條狗，或那群狗。最後吠聲在山間迴盪。我們被狗群包圍。

阿嬤突然醒來。她一臉憂傷地對老媽說：「恁大姨剛才來託夢了。伊要我們注意安全，款款仔來別開太快。」

*

我是個沒有阿公的人了。我需要反覆告訴自己，才能避免自己又進入夢裡。等到我走進大樓管理室，我也突然意識到管理員已經不是原本的爺爺。

原本的管理員爺爺是一個講究品味的老紳士。每次上班只穿自己的西裝，而不是公司制服。他老是坐在中庭，而不是監視器前面。夾著象牙黃菸斗的那隻手，戴著翡翠綠的玉戒指。

我第一次見到他，是在我還很小的時候。他會在管理室的桌上放一盒看起來昂貴的進口糖果，糖果放在喜宴上用來裝喜糖的那種紅色盒子。每次有人帶小孩路過，他就急急忙忙一邊叫住叔叔或阿姨，一邊跑往管理室桌上拿一顆糖果塞到小朋友手裡。他會記得哪一家有幾個，有幾個就塞幾顆糖果。不管那天發了幾顆糖果出去，盒子裡的糖果從來沒有減少。

他從不坐在原本要給管理員的那張藤椅上。除了他要看摔角時。通常整個管理室不會只有管理員爺爺一個人，有另一個老榮民爺爺也會跟著看。簡直像是管理員爺爺吆喝幾個朋友就直接在這裡開起直播派對似的。

只要在管理室看到他，他就一定是在看摔角。

阿公也總是這樣。

在阿公還看得到的時候。不過那已經是很久很久以前的事情了。那個時候他還能抱著我坐在沙發上看電視，還能在客廳大聲呼喚阿嬤說要餵我吃飯，那時候他還能自己咀嚼，能自己吃出食物的味道……

阿公喜歡看日本職業摔角，我就在阿公腿上跟著看，雖然那時候我總無法記住每個面具人的名字，我也無法理解，為什麼兩個人要這樣互相摔擊搏打。

「阿公，你聽得懂日文嗎？」

「聽無啊。」

「阿公，你看他們打架，不會怕嗎？」

「會啊。」阿公粗聲粗氣地回答。戴著眼鏡，眼睛緊盯著螢幕，瞳孔裡映出另一個小螢幕，深怕假如錯過任何一個瞬間，就會看不懂戰鬥的發展，或者選手身上傷從何而來。

阿公怕痛。他怕痛到當摔角手施用手刀、關節技甚至落下壓制時，都會倒抽一口氣。他怕痛，但更愛面子。走路踢到沙發，不能哭，只好生氣，對著沙發大吼，再用沒受傷的那隻腳去踢它。常常，我剛到阿嬤家門口，就聽見阿公在房間裡用粗啞的嗓子吼著門板或椅腳。

阿公聽不懂日文，但摔角手的表情和動作把那劇烈的疼痛傳達到螢幕的另一端。他怕痛，不過越怕痛，越要看。越痛的，看久就不會痛了。

阿公去看醫生，若需要打針，他會皺著眉頭閉氣，嘴巴抿得緊緊的，直到醫生把針拔出來，他才吐出一口長長的氣。

阿公以前怕看路不清楚，總要戴著眼鏡移動。後來就不戴眼鏡了，一雙混濁的眼睛只能直勾勾盯著前方。

後來慢慢地，他因為摔倒，或被門撞到腳趾趾甲裂開而大吼的頻率逐漸減少，傷口沒有減少，只是好得越來越慢。阿公躺上床後，越躺越久，因為痛唉唉叫的時間也越來越少——不會再撞到了——最後就沒有聲音。

小時候，我真的以為是阿公變得勇敢了。

在醫院要插鼻胃管時，阿公的五官連抖都沒有抖一下。

我想起自己曾看過有個廣告在講一個小女孩騎玩具腳踏車，壓過得糖尿病的阿嬤的腳，小女孩看見阿嬤毫無反應，以為阿嬤過世，竟嚇得嚎啕大哭。阿嬤被哭聲驚醒，問說怎麼啦阿嬤只是睡著了。小女孩指著被腳踏車壓著的腳反問那你怎麼沒感覺？

阿公進出幾次加護病房，老媽帶我去探病，我總輕輕推阿公的手，那薄可見血管的手背上還扎著點滴的針頭。我輕輕推阿公的手。有時故意去碰扎針的地方。阿公，阿公，我輕輕叫他，你只是睡著了吧，那你怎麼沒感覺？

那你怎麼沒有感覺了。

*

我那才剛上國小一年級的小表弟。他在喪禮中常常被罵。念經的時候他跪累了，想爬起來，姨丈壓著他肩頭要他忍耐。小表弟委屈地說，我腳很瘦很麻。越講越大聲。老媽聽了，也不管師父還在誦經，劈頭就罵，沒規矩，大家在念經，就你一個人在吵。

老媽一罵，小表弟哭得更大聲。阿嬤拉著老媽的手說，你別這樣罵，他還不懂事。要幾歲才懂事，老媽說，要到幾歲才能懂事。

小表弟睜著剛哭過尚未完全乾燥的大眼，仰頭看著大家，好像不懂為什麼腳麻的時候不能站起來。不懂為什麼念經的時候不能鬧，不能吵。他也不懂其他人為什麼不會腳麻。他還太小，有太多不懂的事情。

小表弟揉揉眼睛，要找阿公。

所有的孫子裡，阿公最疼這個孫子。小表弟出生的那年，姨丈公司轉虧為盈。小表弟越長，公司越賺。家裡買房買車，都說是這個小財神帶來的。姨丈公司越來越忙，小表弟在阿公家待的時間越來越長。誰要罵他，不管小表弟做了什麼事情，阿公就是躺在床上也要出聲護著他的愛孫。

「阿公，」小表弟把眼淚擦乾，就要往靈堂後面走，「阿公，大阿姨罵我，你在哪裡？」好像阿公會像平常一樣，坐起來粗聲粗氣地問是誰罵他。

阿嬤把小表弟攬進懷裡，不斷撫著他的頭，像她在摸阿公的光頭那樣。

「阿承……你……」阿嬤哽咽，眼球如暗紅色月全蝕。那是我看她哭過最厲害的一次了。阿嬤蹲在小表弟前面，伸出一隻手，掌心朝上虛抓，「你阿公……已經沒有了……」

*

頭七那晚，整間殯儀館只有我們家要做法事。

大家在靈堂等著師父，我一人在殯儀館的走廊上閒晃。

雖然時間晚了，不過深夜的殯儀館倒是沒有想像中這麼冷清。兩兩相對的靈堂和照片、桌上的供品、夏日的晚風，以及二十四小時不停播的誦經機器，活脫一間亡者咖啡廳。

靈魂們約在此處上路。平時形同陌路的生人們也在這裡碰頭。

按照習俗，這天必須誦經到子時。

夏天的風吹起來特別涼爽。師父從走廊另一端急急走來滿頭大汗。我看到師父的光頭布滿汗珠，突然想起阿嬤拿著毛巾幫阿公擦頭的畫面。

師父還沒有來的時候，阿嬤已經閉上眼睛坐在板凳上，嘴裡念念有詞。我以為阿嬤在讀佛經，靠近去聽，才知道她是在跟阿公說，你跟在佛祖身邊，就要好好修，不要惹事，後事我會幫你辦得圓滿，你就不要留戀。

阿嬤說，我們今天會幫你做藥懺，你就不會再有病痛了。阿嬤說，你就再忍耐一下。

老媽跟阿姨們站在靈堂外面，附近有幾條野狗徘徊。

為了防止環境髒亂和食物衰敗臭味，殯儀館會統一整理腳尾飯。我看過殯儀館的工作人員把各個靈堂的腳尾飯收整起來，分給野狗吃。我也看過流浪漢，趁著大家不注意，閃身進無人靈堂，抓起飯菜就猛往嘴裡塞。

一開始，阿嬤也是任殯儀館收去餵狗，隔幾天後，她便請禮儀師轉告殯儀館，說要自己收走。自那之後，她都會多盛一碗飯，多夾幾塊肉和菜。拜完飯，離開之前，她會大聲對外頭說，咱要來走啊，呷罷愛記咧收好。

隔一天或隔餐，便會看到幾個碗乾乾淨淨整整齊齊地疊在桌上。

阿嬤會指著碗跟我說，你看，恁阿公才不會收碗，擱遮乾淨。不過恁阿公亦是好心，我按呢分給別人呷，亦無託夢罵我。

藥懺那天，阿嬤交代完，先把下午的碗收起。禮儀師則拿出儀式需要的藥湯和素三牲。師父抵達靈堂，開始誦經，已經是晚上九點多的事情了。他一到場，大家便迅速坐定。師父披上袈裟，分發佛經。

「今天會誦兩部經，一部是藥師經，因為阿公生前有病氣，做藥懺可以祛除那些病氣，另一部是阿彌陀經……」

我看見阿嬤低著頭念誦經文，像是真的在安撫阿公。

你再忍耐一下，很快就不會痛了。

*

我想起以前住在同一棟大樓裡的一位老榮民爺爺。以前早起上學，走樓梯下樓會有一個窗口，可以看到對面大樓，和別人家的小陽台。那爺爺的小陽台上擺滿盆栽，蝴蝶旋繞。每天早上，摔角節目還沒開始以前，老榮民爺爺就拿一把剪刀、一個澆水器，蹲在那陽台圍牆上，背後便是二層樓高水泥懸崖。

每次在路上看到那榮民爺爺，總是拄著拐杖，蹣跚地移動。向他打招呼，他連空出一隻手揮舞都很困難，喘到只能勉強勾起嘴角點頭示意。不過一旦到了小陽台圍牆上，他就能穩穩地蹲著，好像再也沒有什麼可以晃動他。

當時，學校要徵求志工負責照顧並記錄生態箱裡面的背部長有零星肉棘、黑白黃色相間的樺斑蝶幼蟲。那透明壓克力箱子裡就只放一株馬利筋，葉片上爬著小毛蟲。

自然老師告誡我跟另外兩個志工，千萬不要用手去碰。

「你碰了，干擾到蛹，就沒辦法羽化了。」走廊上學生來來往往，老師壓低聲音告訴我們，像是怕會被誰聽見。

於是當我再經過那個樓梯間，榮民爺爺如往常蹲踞小圍牆上修剪花木，我都覺得那像個掛在樹枝上的蝴蝶的蛹。我會輕手輕腳地走過，連呼吸也不敢，深怕產生氣流擾動那個密閉的空間。

蛹孵化後，我們就把整個箱子移到學校的蝴蝶網室。

後來有一天，我早起經過樓梯間，卻沒看見榮民爺爺。

聽人家說，榮民爺爺從圍牆上摔下去。不過，那應該比較像是空的蛹掉到地上，爺爺則飛走了。

我想起最後那段時間，阿公身上的管子和點滴袋。阿公應該也是飛走了，身體則留在原處給別人處理。阿嬤說得對，阿公用完什麼東西，從不會收拾乾淨。

妖怪村

阿明小的時候走在路上從不回頭觀望，以免看到那面亦步亦趨跟在他背後的五顏六色霧氣。他會看到自己的影子投射在上面，似乎自己沒有退路。小的時候，每每人家問他住在哪裡，他總回答：「妖怪村。」

「你係在練什麼哮話。」父親以前會直接往他的頭摜上一拳。

但父親現在已經看不見那些。

父親也再看不見村裡那每一戶人家的真面目了。

比如那位在隔壁擺大腸包小腸攤子的阿婆，並不是普通的阿婆。大白天的，阿婆也不管別人會看到，坐在路邊就把衣服往頭頂撩，繞到頸後，袒著一對乾癟乳房和分層摺疊的肚皮，只剩下兩條手臂還包在袖子裡。阿婆不做什麼，只是坐在路邊，一手拿扇子搧風，另一手的手肘靠在大腿上，頭枕在手掌根部，然後在不時經過的卡車排放的轟隆隆噪音和廢氣之中睡著。

但那皮膚卻不是人的皮膚。阿明知道，因為他有看過母親的肚皮和乳房，不像那阿婆的表皮龜裂斑點滿布層層疊疊掛在細瘦骨架上。母親的肚皮甚至也與他自己的不同，他洗完澡後全身皮膚會乾乾的，像剛用洗碗精洗過的碗的觸感，但母親洗澡後的皮膚仍是滑的，甚至比洗澡之前更柔滑，可以反光。有時候他會在上面看到自己。

那讓他想起放在附近公園旁的T字路口上的鏡子。不管從哪一邊過來都可以透過鏡子看到另一側有沒有車。那鏡子就跟母親的手臂或肚皮不太一樣。他從那面鏡子看不見自己，只能看見直角的另一側街道的來車。父親開車經過那個路口，會稍微探頭顧盼，從鏡子上看有沒有車子從三角窗死角轉來。

某一天阿明發現那面鏡子上被噴漆了。鏡面被用浮誇的紫紅色字體寫著他無法辨識的筆畫，或咒語。那對一個國小二年級的學生來說還太難。

在他發現噴漆的幾天後，父親在那條路口被直角另一側街道的來車撞上。

阿明記得那天晚上母親在廚房準備晚餐。他還記得母親那天要煮他最喜歡吃的玉米濃湯、三杯雞、高麗菜炒辣椒和紅燒豆腐。他記得聽見救護車喔咿喔咿開過時，母親剛好要準備切豆腐，卻不小心在割開豆腐盒上的塑膠膜時，把豆腐的一角壓得碎爛，母親顯得心不在焉，繼續用刀子把豆腐劃成完美的等份，接著應該只剩下蔥要切，然後就可以開始炒菜。

他不吃豆腐已經很多年了，甚至已經快要忘記豆腐的味道。當他高中時回想起那天，竟還能聽出救護車鳴笛的都卜勒效應——聲源向觀察者靠近時觀察者接收到的波長變短、頻率變高；聲源遠離時觀察者接收到的聲音波長變長、頻率變低——他卻怎麼也想不起，父親在熾烈日頭底下一面怒吼一面追趕著他時，那光是平時吐氣都會吐出滿嘴煙霧的菸嗓的音頻究竟如何變化。

那一天的隔天，他去到那個T字路口時，鏡子已經被擦乾淨了，乾淨得像是從來沒有誰在上面噴漆過。他再也沒有機會看清楚到底是什麼字帶走他的父親。

於是他開始學習認字，認得的字比同齡的小朋友都要更多更難。國小二年級的時候他已經能夠以通篇國字無注音完成學校作業，以至於當他要寫情書給別班的小女孩時，對方只能看得懂其中的一半，另一半看不懂的字不好意思問老師，便半略半猜讀個大概。他等著回應，小女孩卻回答不出來，愣愣地看著他，好像正看著一個外國人。

阿明的家裡有一本黑色書皮的磚塊書，裡面的字又小又密，像要把全世界的奇物異事硬擠進去。比如亞馬遜叢林（任何奇異外星生物只要放到這個雨林中都會變得合乎情理）裡面有一種飛蛇會撲到人的臉上；亞馬遜河裡有一種專吃男性睪丸的魚；有一種病會讓人身上每一個部位的DNA都不一樣；南美原住民有一種飲料喝了會讓人產生幻覺，進入一種近似通靈的狀態，然後回到小時候……

他第一次看那本書的當晚就做了噩夢。夢裡是他獨身站在叢林裡，不斷有飛蛇朝他撲來嚙咬他的鼻頭耳垂嘴唇，滿臉是血，嘴唇被撕掉一半，剩下另一半靠皮肉黏著勉強掛在臉上。

他嚇醒。發現自己滿身是汗，換了件衣服睡去後，又夢到自己站在河裡，感覺到有些什麼正魚貫進出他鬆垮垮的褲襠。

書裡面的內容他大致都夢過一輪。其中最深刻的一次，他連醒過來後都還覺得自己正身處巫師的木屋或草屋裡面，手上捧著一杯不知名液體，飲落，一股噁心熱流沿食道入體，暈眩，眼前全是旋轉彩色抽象圖騰。

接著他真的回到更小的時候。

在那個三叉路口，旁邊就是公園。三條路的焦點正是那面被噴了漆字的鏡子。父親在開車，他坐在副駕駛座，父親使勁把脖子伸出窗外探看。他不知道父親到底是要透過鏡子看清楚來車，或是鏡子上面的字。

他們踏入家門，母親正要準備晚餐，他急忙跑到廚房看，母親剛好要把豆腐盒上的塑膠膜割開，銳利的刀鋒完美地分割豆腐跟盒子，他從來沒看過豆腐這麼完整地從盒子裡被倒出來。突然間，場景流轉，回到了那一天去。阿明一個人進門，他進廚房，看見母親手上的豆腐稀巴爛在流理台上，母親神情恍惚地望向他，喃喃念道：「都沒了。都，沒了……」

母親話剛說完，他又回到飛蛇的夢裡去。同樣的叢林，在叢林裡飛的東西不同。他抬頭朝密不透光的樹冠層望去，只見著一個個黑影在樹幹之間快速移動。其中一個棲在高度較矮的枝幹上，他發現那是隔壁的大腸包小腸阿婆。阿婆正蹲踞著，用那無法抓握的腳掌勉強凹成一個溝槽固定樹枝，兩肢上臂肌肉鬆垮垮的，形成一種類似翼翅的構造，上有如鱗片的斑紋和龜裂。不，那就是鱗片。突然，阿婆張開雙翼，受地心引力影響垂墜的乳房和大瓣如闊葉林葉片陰唇成為能夠控制飛行方向的器官。

他驚醒，天已經亮。

「快點起床刷牙洗臉收書包，你要遲到了。」母親在客廳喊。

「好。」他又多做了一個自己在刷牙洗臉的夢，才真的起床。

他又再一次起床，才想起自己已經在大學讀書。

他習慣大清早徒步穿越水泥叢林系館們，抵達圖書館。繼續補眠，或是讀書。圖書館裡聽不見學校的鐘聲，像是時間急流中被隔起來的小小靜止水域。

有一次。其實已經很多次了。萬安演習。外頭警鈴大作，圖書館裡面竟然真的隔絕了所有外在聲響。他出館時，耳朵仍浸滿圖書館的寧謐，甚至沒有發現平時喧鬧的街道竟無一車一人行於其上。

無聲之死城。

他要過馬路時，對面的警察舉起指揮棒示意要他回去。

「到兩點，現在還不能過。」

「兩點？」他一臉困惑，指著自己胸口，向警察確認。

「對，」警察喊，「到兩點，你先回去等。」

「現在在萬安演習啦。」身後一個阿姨看不下去終於出聲。

「喔……好……」

大太陽底下，他看見四線道的彼岸，有個父親牽著高度僅及膝的女童，趁著行人號誌轉換為綠燈時急衝過馬路。警察只顧著另一側，於是那對父女從視線死角竄出時已經攔阻不及，只得放他們通過。

那簡直像是整個死城裡唯二的活物了。

實際上他常有一種感覺，好像自己也像那對父女一樣，正在想辦法要突破凝滯的時間，禁行的通道，蓄意觸犯什麼忌諱，在無聲的城市裡製造噪音，甚或，在死人的國度裡恣意呼吸。

他國小的時候有個好朋友，叫作阿國。阿國的成績是全年級最差，上課不到一分鐘一定會睡著，但經過整堂課補充體力，下課鐘響時便會像鬧鐘一樣從椅子上跳起。小學讀久了，阿國的生理時鐘比學校鐘聲更精準。

阿國家裡開宮廟。據阿國說，他們家族一脈單傳，每一個男丁都有特異體質，可以感應鬼物。你後面就有一個，阿國說。「我以後不想繼續讀書，準備直接回家開宮廟」。像是沒有岔開過話題一樣，阿國繼續說。阿明往身後看，還真有一個。他感覺自己與阿國是同一個世界的人。

「那是繼承家業，」阿明糾正他，宮廟已經開好了。

「隨便啦，反正我畢業後就去當廟公。」阿國翹著兩腳椅。

「你有看昨天晚上的那個節目嗎？」其他同學下課總愛圍著阿國說長道短，「那照片裡面該不會真的有個臉吧？」或者「你能從那個影片中感應到什麼嗎？」這種事情對國中生來說總有莫名的吸引力。

「你會起乩嗎？」不知道是誰問的。

「平常不能亂來。」阿國笑著回答。

「那就是唬爛的啊，」幾個同學在旁邊起鬨，聲音越來越大。「起不來就起不來啊，沒雞雞。」

「來啊，誰怕誰。」阿國邊說邊站起身，「阿雄，來鬥跤手。」

阿雄常常翹課跟著宮廟跑，對於起乩的情況和程序非常了解。他熟練地踩起弓箭步，用膝蓋撐住阿國的臀部。

只見阿國閉上眼。嘴裡念念有詞。頭輕微擺動。後來晃動幅度漸劇，短短的脖子作為半徑，到最後像細繩綁著鉛錘甩。阿國，不，阿國的身體，激烈地甩跳起來，像是有誰正要穿進去一件不合身的衣服，不住地拉扯調整。

這些都是幾分鐘的事情。

阿國突地站定。似乎是兩個爭奪阿國身體主導權的靈魂，其中一方終於退讓。瞪大眼。他不高，卻俯視著我們。他一手扠腰間，一手直伸貼耳，兩腳微蹲，靠在阿雄身上。阿雄的手臂從阿國腋下穿過，撐住他的身子。

阿國被穿好了。

教室裡空氣凝結，所有人的視線都被阿國的奇形異狀攫住。

又過半分鐘，眼前這人待原本急促的呼吸平復後，才緩緩開口。

「阿明啊。」

靜默中，圍觀的人全都轉向阿明。阿明則呆愣著不知該作何反應。除了阿明之外，沒有人知道究竟是誰上了阿國的身。

「余世明，恁爸叫你你是不會應聲逆！」阿國又，不，這人又大吼一聲。

「阿爸。」阿明回過神來，某種表面張力被打破般，眼淚狂洩不止。他跪抱著父親的腳。同學們都知道阿明的父親走了，卻沒人料到竟然真上了阿國的身。

阿明抱住粗聲粗氣的父親哭了一整節下課。那應該是最安靜，又是聽起來最聲嘶力竭的一節下課。

「你就要好好讀書，別像你阿爸，留你阿母一個這麼辛苦。」男人摩挲著阿明的頭，一反先前粗魯形象，菸嗓柔聲交代，神情中帶著愧疚。

鐘聲響起，阿明的父親似乎也跟著離去。阿國閉上眼睛，齜牙咧嘴，不斷發出低吼，時而嗚咽，音量漸細，直至老師進教室才完全靜默無聲。

阿國完全「回來」，已經是下午的事情。其間沒有人敢跟阿國說話。幾天之後問他那天的事情，他總撓撓頭說不記得。

除了同學之間討論，學校裡倒是有另一群小混混也受到影響。那些個小混混平時就常翹課去「看鬧熱」，廟會跟久一點的，便會與家將館的大哥們熟稔起來，私底下多少學點步法、規矩，在學校講著也挺威風。然而，其中卻沒一個有通靈本事。那些喜愛把宮廟掛嘴上的，遇上阿國本就得三緘其口，怕說錯什麼出糗。如今阿國在學校成功起乩的風聲傳到其他班的小混混耳裡，他們對阿國又多了一分敬意。

對阿明來說，因為這件事，他真的開始用功，成績也隨之好轉。他的親戚們見了都豎起大拇指，說：「老爸有保庇。」好像這是一件非常好的事情一樣。

阿明常問母親，真的是這樣嗎？

哪樣？母親回問。

這樣是好的嗎？

怎麼樣？

我用功讀書，成績變好。

當然啊。

這是爸爸死掉要來保庇我的？

母親沉默。

「你洗澡了沒，還沒的話快去。」

後來阿明學會，只要問完最後一個問題，就自動去洗澡。這時候家裡也會籠罩一股幾乎使人窒息的沉默。

在多年以後，他看見那對父女闖過人車皆不可通行的路口時，眼淚竟撲簌簌止不住。至於他真正意識到自己看見的是一些常人看不到的，生物，或者那是一種純粹的能量體，必須從某一次回家談起。那時已經上大學，母親到火車站載他，從停車場走回家時，經過隔壁的大腸包小腸攤子。阿婆一如往常佝坐在攤車旁，身上無光澤皮膚鬆垮如昔。阿婆抬起空洞、無神的雙目看向他。

阿婆。他叫。

母親狠狠往他頭上敲，差點把他的頭打落。

「亂叫什麼。」母親罵。

「叫阿婆啊。」阿明摸不著頭緒，音量大了起來。

「那阿婆啊，」母親反而壓低音量，向四周觀望，才繼續說。「那阿婆啊，上個禮拜就已經走了。」

他又仔細地看了阿婆的鬼魂一眼，隱約能透過阿婆看到她後方的地板，看起來些微扭曲，像夏日裡被陽光烤得滾燙的柏油路面正在煎煮空氣，使光線通過時被燒得一抖一抖那樣。阿明漸漸知道，自己看見的不全然是陽世之物。

他試著回溯記憶之河，試圖在每一定格畫面中找尋鬼物之蹤跡，他不太知道自己想要找什麼。他意圖細細區別人鬼差異及特徵，反而更加無法分辨。

阿明想起某個深夜。那時他仍住在電梯公寓老家。那晚，他應該是去買消夜了，回來的時候，他走出電梯門，暗夜無明的樓層只有電梯車廂的光。他走出電梯車廂，準備要開家門，電梯門竟沒有關上，裡面的光這時反而令阿明感到不自在。他站在門口，電梯門也賭氣似地沒有閉合。不，那更像是，有些什麼正在頻繁進出。

於是他搬離家後就不住在有電梯的地方。與同學合租一幢透天厝。他被分到獨享一整層的房間，偌寬敞的樓層只住一個人。連呼吸都有回音。

那回音聽久了倒像是有另一人在跟他共處一室。

一開始他並不在意那些繞迴在耳邊的微細氣音。他有時會懷疑，但大部分時候他都以為那是自己發出來的。只不過那「聲音」越來越大——以另一種形式被發出。

某一天，同樣也是深夜，阿明不斷刷新社群網站，每一秒都會有新的貼文被產出，被看見。

叮咚。

有個訊息視窗跳出。身為重度社群網站依附者，看到訊息是會馬上點開回覆的。通常都是報告有些問題要討論；或是以前同學找他聊近況；或只是長輩分享毫無營養的文章給他。

但那天他卻怎麼也搞不懂發生什麼事情。他一打開，只看到「你好嗎？」看了名字，竟然是自己傳的。好像有某個人正盜用他的帳號要詐騙，卻不小心告訴本人一樣。

我很好。他回覆同樣的句子給「對方」。「對方」卻再也沒有回應。駭客察覺自己被發現，趕緊離去。他這樣想。

不過無從解釋的現象越來越多。比如他會收到來自一個早已過世的同學的訊息。「嗨。你最近好嗎？」同學問。他便不太知道要怎麼回答。說好，有些敷衍；說不好，卻似乎比不上那位同學。

你呢？他最後這樣回問，沒有得到答案。

或者是，電腦的時間越來越慢。從慢幾分鐘，到一兩個小時，像沿著不斷向下的電扶梯往上走回去（或說是他在無意間溯及時間上游）。慢個一天兩天的時候，訊息跳出來會是一兩天前與同學或朋友聊天的內容，可以知道自己前天早餐與同學吃漢堡，晚餐則是乾麵。如果遲了一個月，兩個月，甚至兩年、三年前……

他看見與前女友分手的訊息，他們約出來見過最後一次面的時間。再往前是畢業典禮當天，他還記得前一晚住在學校的大禮堂，只為了完成典禮上要擺出來的將近兩層樓高的裝飾。而更早以前，他與前女友還為了要讀哪一所大學吵架。接著更早更早以前是，考試放榜，他意氣風發地考取市區第一志願高中……

那些被提取出來的訊息，不斷在阿明腦裡被轉換成畫面。

有一幕是，阿明看見自己在哭，而父親正站在他面前。他以為自己又被罵。在學校裡。

但父親從沒去過他的學校。

阿明已經抵達阿國起乩那天了。

他也才知道，自己之所以哭得這麼悲傷，是因為他真的看見父親——不是那種招搖撞騙刻意造假神棍招數，而是已逝的阿爸活生生站在他眼前，對著他說話。這種時候，就連斥責聽起來都很悅耳。

他想起，出車禍後的隔天，路口的鏡子就被擦乾淨了。那時候母親每晚都拿著抹布和清潔劑到路口用力抹拭鏡面，像要磨掉一整層玻璃似的，還曾被公園附近的住戶誤認為噴漆之人。但就是有一處紅點，怎麼清也清不掉。

有一晚，附近的老人家拄著手杖一拐一拐走出大樓管理室，看見母親，便指著她喊：「唉呦，夭壽死囝仔，汝咁知影汝害死人啊！」

這些都是母親轉述的。她在講這些事情之時不但無氣憤情緒，反而有另一種異樣的光閃在母親眼裡。罵得好啊。她說。

好像是在為父親出氣一樣。母親以肉身承受不知情者的責罵，蒐集到越多，就代表父親被記住得多深刻。

那個……阿明好不容易找到空檔插話。所以鏡子上面寫了什麼字？

「不知道。」

沒有，只是好奇。

阿明還是沒有跟母親說他能看到鬼物，也沒有說過，父親曾囑咐他應該如何如何。他不太清楚自己為何不說出來，只不過，看見母親眼中的光，便覺得父親怎麼可以只被自己看見，或者說，父親假如真覺得對不起母親，那就應該讓母親看見才對。只讓我看到。阿明心想。這樣未免也太不公平了，老爸。

他一邊看向擺在櫃子裡的父親的遺照。

那張遺照是父親的證件照。父親開始工作後就沒再拍過照片了。收在角落裡一塊塊如紅磚相簿裡，滿滿都是母親與他的照片。他記憶中，父親永遠都在鏡頭的另一側。這讓他感到安心，他知道他會在父親的視野之內。

麻煩的是，父親過世時，竟無照片可以置於靈堂。只得拿著僅存的一張證件照去請影印店掃描放大。於是當時靈堂上放的是一張黑白馬賽克、只能依稀判斷五官位置的照片。

其實要不是靈堂上有寫名字，不然根本不知道照片上那是誰。

當天，母親只愣愣地看著那張照片。所有的儀式，過程中，他記得沒錯的話，母親沒有哭過。頭七那夜，一個老師父身披袈裟，在阿明與母親前面誦經，手敲木魚。母親好像突然想起什麼一樣，碰了碰他的手臂，指著靈堂桌子上的照片，問：「這係阿爸喔？」「對啊。」母親這才恍然大悟地哭了起來。法師見過的場面多，只默默停下，拍拍母親的肩膀，又接著念下去。

那夜，殯儀館的靈堂室裡面，只有他們那家辦頭七。白幡的頂部碰著天花板，枝葉侷促地彎起。而母親的啼哭與師父的誦經聲在空蕩蕩的長廊裡迴盪。

母親開始會在家裡放佛經。有那種已經錄好許多部佛經的機器，母親就讓機器往復播誦各種經典。母親會把聲音調得很大。很多時候，阿明感覺他講的話，幾乎沒辦法進入母親的耳裡。

頭七之後要出殯。複雜的儀式完結後，父親被放在棺木中送進焚化爐。阿明跪在爐子外，聽得那小小鐵門另一邊烈火轟轟，等著噬盡一切闖入之物。母親依舊在哭，一旁有親戚勸著，「你要放下，這樣他才能好走。」

母親不管他們。她才不要父親好走。她不要父親走。

阿明跪著，直到棺木完全被推進爐子，爐子的門關上，師父才示意他可以站起。

他聽著轟轟聲，想像父親的身體在裡面被另一顆太陽曝曬至乾。

他們一起走向停車場。

「太陽真大，熱死了。」母親撐起傘，擦著汗，說，「裡面應該沒這麼熱。」

「是啊。」阿明回答。

這裡是多麼明亮而炎熱。

他想起自己曾經跟著父母到過這樣一個地方：陽光漂亮地灑在某一棟平房的藍色鐵捲門和一旁地上的雜草小花，葉面的蠟質反光甚至有些刺眼，卻不會亮到讓肉眼丟失任何細節。

那是一個長滿了紅磚矮屋的小村落，住戶只剩下一些老人和小孩。有些屋頂的瓦片已經裂成兩塊，有的空缺。他看見鳥從屋頂的縫隙中鑽出，冒冒失失地往屋外的地上銜著草枝，又往屋裡鑽回去。

父親領著他鑽入無人居住的矮房。他看見地上有兩三處長出幾株小草，承接漏入室內的日光。站直伸手就把屋頂角落的鳥巢抄下來。他們站到屋內陽光透入之處。父親小心翼翼地捧起鳥巢湊到他眼前。裡面有幾顆淺灰色、帶有深褐色斑點的蛋。日光之下，隱約可以看見裡面有隻雛鳥輪廓，輪廓中間有個更深色區域，正細細地跳動。

「你看，裡面有蛋。」

「哇！真的耶！」

「那隻咬著草的鳥，你剛有看到吧，飛出去又飛進來的那隻，那些草就是用來築巢的。」

語畢，父親又捧著鳥巢踮起腳要把它掛回去。

他們走到屋外，母親撐著洋傘在看屋外的盆栽。盆栽久未打理，雜草已經蔓過原本的植物了。

阿明一家人坐在紅磚矮牆上歇腳。阿明直盯著屋頂瓦片破缺的那幾塊，看了好久好久。

他發現，那隻銜草的鳥，飛出去了。飛出去，再也沒有飛回來。

父親被推進去後，阿明跟母親就先回家等。大概四個小時後才接到葬儀社工作人員的電話，說是好了，要去撿骨。

他跟母親抵達火葬場就被工作人員領著，要把骨灰放進骨灰罈裡。他原本以為，燒過的人體應該是焦黑黏稠，有著蛋白質燃燒後發出的硫化物的臭味。雖然講骨「灰」，實際上卻是潔淨、帶有米黃色的大塊中塊小塊骨頭和一些碎屑參雜在一起。

工作人員示意，要他與母親各夾一塊放進罈裡。他們湊上前，看那鐵盤上白色骨塊，有一塊可以明顯看出來是頭蓋骨，碗狀的，曾經裝過許多記憶、身影、房屋貸款、水電費帳單……

阿明發現，其中有一塊，特別圓潤，表面平滑，幾乎可以看見反光，像是蛋。他拿起筷子，夾起那一塊骨頭，對著陽光看，似乎真的看到裡面有些什麼在跳動。

母親看了他筷子夾著的那一塊。

「你還記得那天的鳥都飛哪裡去了嗎？」母親嘴裡念念有詞，一邊夾起一塊骨頭放進罈裡。師父把剩下的骨灰一股腦倒進去。留下頭蓋骨那塊，在最後緩緩放上。

「你知道，鏡子上寫了什麼字嗎？」母親想起什麼似地，轉過頭問他。

整個過程都流不出眼淚的他，突然悲不可遏地當場哭了起來。

圓柱體

「要推一點，不要太高。」

聲音從前方傳出，有些沙啞。聽起來遙遠，但其實不然。過了一陣子她才意識到面前這顆頭其肉色的面積占了一半。想起以前數學課本上的題目，各式色彩與各式形狀的圖排列在紙上，圖案旁印有幾行小小的說明。

先算出四分之三圓的圓面積，再……她依稀記得課本上是這樣寫的，但後面記得不很清楚了。

眼前這顆頭就像把圖案直接複印在頭皮上一樣。

她不知道為何是想起這些，其實也不重要。只是機械式地打開電剪，強力的震動從手上傳來，跟昨晚她從陰道裡拉出的那顆溼漉漉的跳蛋一樣。男人用手碰觸她的身體。另一隻汗涔涔的手塞了鈔票在她手中，鈔票也是溼的。她手上沾有些許精液，正確地說，只留下觸感和味道。溼滑，帶有腥味。連著錢也沾上那股漂白水似的味道。這樣想便覺得乾淨一些。她在男人離去後的空無一人的房間中對自己說。

天亮時她走出旅社。木頭窗櫺無意間洩漏了建物的年齡，多少歲數倒也不重要，不是個會讓人提得起興趣的數字。

找了家早餐店坐下，成為第一位客人。會被早餐店的小妹攀談。「哎呀早安，這麼早起啊，吃些什麼，我們有新口味的吐司要不要吃吃？」不問職業，這是禮貌。她滿意地打量廚房裡忙進忙出的員工，還是個娃兒，規矩倒是有的。不像前些天晚上那裝瘋揩油的，磨磨蹭蹭就是不戴套子，好似套子上頭還有長刺。

「牡丹，」雙手合十懇求，「一次就好。」

她什麼也沒說，只是坐在床沿冷眼看著他。心裡知道要是妥協了，他四處吹噓說嘴事小，得病事大。就靠這兩份收入，可沒閒錢去看醫生吶。

嗡嗡嗡。

思緒繞了一大圈，男人的頭也理好了。

「共一百五。」她的聲音沒有表情。「洗頭加五十，要嗎？」

「好。」男人色瞇瞇地看她。

她領著男人到理髮廳的後面，那裡有兩台躺椅，放頭的位置被改裝成帶著蓮蓬頭的臉盆。男人躺下，她打開蓮蓬頭，調整水溫。

「會太冰嗎？」

「不會。」

擠了洗髮精在手上，稍微搓揉一下，抹上男人所剩不多的頭髮。用指腹按摩頭皮，躺椅上的男人不時發出呻吟，好像她手上按摩著的，才是真正的性器官。

她站三七步，手肘稍微打開，這樣好施力。還在當洗頭小妹時，店長教她。每當她這樣站著，就可以走回過去的時間，很久很久的以前。那時她還只是一個洗頭小妹。

手指在頭皮上滑動毫無阻礙。泡沫沒辦法抓住光滑的表面，紛紛向兩側流去。「還會癢嗎？」她問男人。

「頭是不會了啦。」說罷男人曖昧地看著她。

她沖掉頭上的泡沫，擦乾手。眼睛笑得彎起來，手摸向男人的褲襠。一次五百，她說。剪個頭髮這樣貴，男人笑道。

射出後，男人塞了七百塊給她，不要找錢，說是當小費。她也樂得收下。男人離開，她坐在木頭椅上看報紙。每天的內容相差無幾，但今天她看見熟悉的街景。那是她晚上接客的旅社，以及附近的街道，大水溝，本市的第一志願中學。

她時常可見穿著制服的學生成群路過，有些低頭快快經過，有些朝旅社內指點笑鬧。其他小姐也會朝他們拋媚眼，或招手。如此的互動儼然成了一種微妙的平衡。彼此都知道對方，但不會真正有所接觸。

沒有客人她就徹夜坐在門口，哼著歌，看有誰會經過。一開始不會這樣的。養成習慣後她像是真的在等著誰。有時是那個學生，每次低頭快速通過，卻禁不住稍稍抬起頭看她一眼，像在家裡被嚴禁談戀愛的情侶般，外頭見面依然不敢牽手，偶爾才搭上一句話，夠久以後終於敢深情款款地望向她，眼神不再飄忽。即使只是虛構，已經足夠讓她雀躍半天。有時某個西裝筆挺的看起來就是補教老師的人抬頭挺胸走過，她不只一次看過「三七仔」靠上去，都被老師嚴正地拒絕。

「要不要輕鬆一下啊！」三七仔騎機車曖昧地跟在老師旁邊。

「我是老師！」老師義正嚴詞地表明自己身分。

「老師剛好啊，」三七仔語調上揚。「我們有學生妹！」

老師吸了一口氣，太陽穴青筋暴露，似乎想要說些什麼，最後終於沒有開口，一臉厭惡地離去。可惜那老師長得不錯，應該是喝洋墨水回來的，口音跟在地人不太一樣。她只坐在旅社門口的藤椅上觀望這一切發生。她認出那位老師好像是個親戚，同樣輕蔑厭惡的眼神曾經如針刺向她。

前幾個月她的母親過世了。

在喪禮上她穿葬儀社幫忙準備的白色休閒衫、長褲和鞋子。這麼久以來第一次覺得自己重新變得純白，竟然是因為死亡。死亡具有某種魔力，足以讓你對痛恨的人生出一絲絲憐憫。實際上是對自己的憐憫，憐憫自己無法再對那些曾經加諸自身的惡意反擊。或有反擊但已無目標。

那一絲絲憐憫，救贖了她。

公祭時母親的親友前來祭拜。樂隊演奏俗不可耐的音樂，在眾人的不耐煩達到極限的同時，音樂恰好結束。來賓們排成一直列，沒有很多人，畢竟這個年紀了，能留下來，或說還有體力前來的人已經不多，更多的人都在家中殘喘著要與母親作伴了罷。

他們手上拿著紙蓮花，前幾天她熬夜摺出來的，走到棺木旁，對母親說話，臉上涕淚縱橫。說些什麼並不重要。大概也都明瞭下一個可能是自己，而且時間可能也不久了。

整個儀式結束後空氣顯得異常清爽，像是死亡已經安靜地走過。大夥站在外頭聊天，互相交換對母親的記憶。其中有幾個是國中同學，大聲說話，講述母親中學時的糗事，國小同學就比較少，當然工廠的那些人應當對母親沒什麼印象。耳朵尖的她聽到有人說到她名字。有時看到她在哪裡，也許站著也許蹲在牆邊。

不問職業，這是禮貌。禮貌像是結界，隔絕在人與人之間，避免彼此直接碰，比較衛生。工作時只能褪下結界，所以平時更在乎它。

其中有對尖銳的眼神朝她刺去，帶有輕蔑的惡意。這才想起是那位喝過洋墨水的老師。想必那老師知道那個路段附近都是些怎麼樣的人。朝他點了點頭，只換來漠然的表情。

她已經習慣這種情況。母親生前與她出門，路上遇到曾經來過的客人。「牡丹！」被母親聽到，所有的事情終於拆穿。她與母親實際上已經斷絕母女關係。「我沒有這種丟人現眼的女兒！」母親對她怒吼，在老家附近的街上。於是整條街都知道她是流鶯，或是做援助交際的。

距離她搬到高雄已經五年了。她重新開始，混得有聲有色。附近有許多新的建案，客源比較穩定，環境單純，而且好吃的食物比較多。

她最期待每天早上選早餐店的時刻，有一家蛋餅，不直接用餅皮，而是放麵糊下去煎。外面煎得酥脆，裡面仍保有麵糊柔軟口感。她幾乎以為自己是來此地度假。或是提早一點走，會有清粥小菜，雖然比較貴，但冬天能吃到暖暖的粥真是好奢侈的享受。

吃完早餐回家休息到中午，再到理髮廳開店。這是副業，營業時間非常隨興。年紀增長，睡眠時間像是影子從清晨到正午逐漸縮短，在理髮廳的時間也慢慢拉長。

城市裡似乎分成兩種人類——日行性和夜行性。她兩邊都認識不少人。比如說聚居車站前下棋的大叔們，以及那腹部比乳房巨大的阿姨。早上時他們會在車站出口旁的樹下下棋，身邊放著一個紙碗，一旁便利商店裡要來的，運氣好的裡面會有點零錢，運氣差的那碗便像被關東煮的湯洗過一樣乾淨。這些人自然無法負擔與她上床的費用，但路過會問個早，或點頭。

心情好的時候，她會跟他們聊上一兩句。頭髮長長了啊。是啊沒錢剪呢。要不到店裡我幫你修。

說是修，也沒收錢，卻剪得比其他人還認真。

但絕對不會有人晚上跟她上床後，早上又去店裡剪頭髮，一種默契，或說是不成文的規矩。這樣的規矩讓她少了很多麻煩，不需要向誰解釋為什麼前一天晚上會在某某街或是大水溝旁的步道遊蕩。

偶爾會看見警察徘徊，大概是附近中學學生的家長通報的，沒有誰希望自己小孩去上學去補習班的路線上會被三七仔或流鶯攔下。但他們不知道的是，大家為了自保也絕對不會去碰穿著制服的學生。

倒是有一天傍晚，她在旅社大廳（說是大廳，不過就是一個簡陋放著電風扇的小空間）乘涼，忽然聽見外頭傳來嬉笑打鬧的聲音。又是那群學生啊。她想。同時一群穿著那第一志願中學制服的學生簇擁著另一個便服卡其褲的人走進來。

「老闆，」有個帶頭的學生說：「老闆，他要轉大人啦！」說罷，其他同學們便笑起來。她定睛看了一下。喲，這不是前先日子對上眼的娃兒？

她也不是沒有年輕過。記得那時候總被說是「落翅仔」，只是因為不喜歡讀書，放了學便跟同學到處玩耍，到河邊釣魚，打水漂。去河邊會讓她挨罵，但那時的河裡仍有許多不同的魚，釣到了幾條晚上回家，在父母手掌或棍子落下前，拿出那條魚，就可以免於毒打。一番碎念總是避不了的，落翅仔就是最常聽到的罵詞。

「落翅仔是什麼意思？」

「還頂嘴！落翅仔就是像你這款啦！」

她跑去問同學才知道，原來真的就跟她一樣。但大部分的時間都跟父母相安無事。只要她闖了什麼禍，就會先去河邊釣魚，把魚拿回家擋災。

某天她跟熟識的男同學單獨到河邊。那男同學摟住她，伸出舌頭舔舐她的脖子，往下到乳房。男同學領著她的手到褲襠裡。她握著那柱體，腦袋裡竟冒出圓柱體體積的算法：半徑平方乘以圓周率乘以柱高。這一根有多長呢？

最後答案沒有算出來。男同學穿起褲子便走，什麼話也沒說。她坐在河岸，忘記圓柱體體積的算法，只知道大概有兩隻手掌高。

那天她想要釣魚，下餌幾次，只釣上塑膠袋之類的垃圾。她發現河水變得混濁，水面漂浮各種顏色的油光，塑膠袋上也有沾到。她把塑膠袋從魚鉤上取下，褲子上濺到幾滴彩色帶有異味的液體，再也洗不掉。父親紅著脖子罵，落翅仔。青筋暴露，血管輸送眾多罵詞到父親大腦供挑選。

此後她便不再去那條河邊釣魚。有種感覺，即使她去了，也沒有魚會上鉤。

回神時她正在房裡，與那位靦腆的男學生。學生雙手放在大腿上，低頭，身上散發體育課留下的汗味，在此時此地彷彿都變成催情劑。她坐在學生旁邊，床墊稍微下陷，彈簧發出哀號，撕裂死寂的空氣，為尷尬的空間引入一絲新鮮的氧氣。

「如果不想要的話就走吧，錢退給你。」她想了想，繼續說：「你還是處男吧，我可不想多送一個紅包出去。」

學生頭仍然低著，站起身走出門，留下一句謝謝。

她愣了半晌，才跟著走出去。看見那群學生互相推打離去。

她也曾這樣看過母親跟父親離去。國中畢業，要升高中時，考不上市內任何一所學校。盛怒的父親抓著她的頭髮，把她帶到家裡附近的理髮廳。她哭著，哭聲和著店裡的流行歌竟異常合拍。

父親跟母親離去時，腳步輕快許多。她只得認分留在店裡工作。剛開始連頭都沒得洗，每天就是掃地訂便當，幫剛洗完頭的客人按摩。

按摩會吧。店長問。

會。

剛開始的幾天，手指總痠疼得無法入睡，要天亮時才終於能睡著。過一陣子店長看她沒有要離去的意思，開始教她洗頭。站三七步，手肘打開才好施力，從哪裡開始抓都要往頭頂拉。店長用假人頭示範。每天下班洗假人頭，這樣洗一個禮拜，店長讓她嘗試洗他的頭，要他滿意才能正式洗客人。

太大力了。不要用指甲。要拉到頭頂。力氣不夠。下班後繼續接受店長的指導。除了痠痛之外，手開始脫皮。

能夠站上洗頭區過了半個月。第一個月月底把薪水袋交到父母手中，感覺到自己正緩緩前進，即使只是爬行著，像匍匐莖，緩緩攀附著什麼前進同時茁長，前所未有的體驗。

升格成洗頭小妹後，薪水袋變得更沉一些。她更賣力，洗頭時學著與客人攀談，聊天之際推銷護髮產品，每個月的業績都比前個月更好。

認識的人多了起來，她見過形形色色的人，聽過各式各樣的生活。比如有一個每天下午都跑來洗頭的貴婦，身上總是配戴滿滿的首飾，首飾下隱約可見皮膚白皙，想必沒有日光侵入的餘地。

坐在旅社不見天日的大廳，終於跟那貴婦的皮膚一樣。站起身，伸展伸展，向外走，水溝的對面憑空冒出連排透天房子。鷹架還沒拆呢，已經可以看到有人在外頭觀望。這幾年高雄市的地價飆高，買房子已經不再是滿足居住條件，而是奢侈品。豪宅如林竄起，若是她現在才拿錢出來，只能住在郊區的郊區了吧。

不過就算是那間理髮廳，也還是用貸款買的。聽見學校鐘聲，那總可以傳得很遠，不知道有沒有被抗議過。上次那個小處男又經過，連眼都沒抬一下，神色有些慌亂，匆匆走過，書包上有塗鴉。仔細地看了他胸前，名字被遮住，口袋上有繡得歪斜的一槓。

高一，十六歲，正是她被帶去理髮廳的那年。

接下來會是兩槓跟三槓，她常在路邊看到，會回想起自己的兩槓跟三槓的年歲。雖說是洗頭小妹，頭髮卻是呆板的清湯掛麵。有時麵條短一點，會被喊成小弟。別說其他人頭上那種花俏華麗的髮型，甚至連稱得上可愛的造型都不曾梳過。「女孩子家這樣難看。」她指著其他同事的頭髮，向父親要求留得長一些時，得到這樣的回答。說罷西瓜皮又被抓去削了一圈。

她很早就離家工作，父親也是，很早離開。告別式前一天，她特意請店裡的設計師染髮，銀色，抓成嗆嗆的刺蝟頭，特意要跟父親別苗頭。親戚低聲指責，聽在她耳裡，竟有說不出的快意。母親用全身的力氣憋住眼淚，沒辦法碎念，只能死死盯著她，眼神顯得軟弱無力。

父親安靜地躺著，雙眼緊閉。這樣好，免得看見我頭髮又爬起來罵一頓。她這樣想，順利關起眼睛的水閥。

移靈時，譴責意味濃厚的陽光，恣意鞭笞，皮膚上大片紅色曬斑，熱辣辣的。幾天後曬傷的地方開始脫皮，留下粉紅色的新皮膚，好像變成一個新的人。她突然有種感覺，好像跟那條河一樣，可以長出、或成為新的物種，不論死活。

當晚月光銀亮亮的，映在頭髮上，微微反光，好似可以照出些什麼，比如自己的樣子。每天上班明明都會照到鏡子，卻沒有細細看過。幾乎忘記了，她是故意的，假如忘記，做什麼都沒問題，做那些事情的只是另一個人。

如同她早已忘記第一次脫下衣服為別人手淫是什麼時候。堅守的底線一層一層被跨越。這次結束就好。她跨越掉落地板的內衣褲時這樣想。當然第一次跟客人上床之後被塞小費，塞了多少，也都不記得，只知道之後拿到的小費都遠多過那次。小氣的客人。

理髮廳經營不善倒閉。只會洗頭的她被業界淘汰，只得另謀出路。

「不用喝，不用脫，不用出場。」媽媽桑用粗啞的嗓子掛保證。

燈光陰暗，客人的手爬上她的大腿。陳董不要這樣嘛。她笑。工作期間除了性交之外，媽媽桑說不用的都做了。不過也只是時間早晚的問題而已，她心裡知道，從她發現想不起課本上的圓柱體積公式，只能大致摸出柱體高度開始，她就知道了。

她只做一陣子便離開酒店。去做那個，援助什麼的，啊，援助交際，那是從日本來的名詞。援助啊，她看著那些人滿足離去的面孔，像是真的救援或幫助了一個失落的靈魂。

身著高中生制服（曾經因為看起來太年輕被校方關注），在城市中角落遊蕩，遇見有人試探性地詢問，她大方以對。剛開始會以為她是高中生而動作輕柔，像個紳士，逐漸失去理智後，變得粗暴無禮。

每個人脫下衣服，都像是脫下人類的外衣，露出獸性的內裡。

看著高中生走過。那些看似青澀的學生亦然。她彷彿還是學生，仍記得那些公式。還沒忘記的時候，可以藉由想起那些符號，保持清醒，明明上課時總是意識模糊。會知道半徑長是哪裡，知道圓周率是三點一四，知道長度。

慢慢的只剩下長度。

最後連自己都留不住。

她喜歡下班之後，清晨時，沿著水溝散步，會看見整齊排列，圓形的孔洞，不停排出黃綠色的液體。身體裡混濁白色的液體，也跟著緩緩流出，沿著大腿。走路雙腿摩擦，把大腿內側抹得溼滑黏膩。她從側背小包包拿出衛生紙，就在步道中間擦了起來。

有人走過去，她不理會，自顧自地擦拭。

剛開始會在意他人的眼光，遮遮掩掩從旅社走出，有錢的客人會帶她到飯店，總要戴上口罩墨鏡才能推開飯店大門。漸漸，她便能夠自若地坐在旅社門口乘涼，對路過的熟客吹口哨。她很少這樣做，但是她的確能夠。

現在想起以前的事情，總覺得天生就要走這條路的吧。國中時開始發育，第二性徵萌長，細軟的體毛可以刮掉，但日漸隆起的胸部不行。內衣的扣子和肩帶印在薄薄的制服上，成為其他男同學攻擊的目標。

有個同學特別早熟，從色情影片中學會解內衣扣子的技巧。那手真是靈巧。在第一個男朋友還要湊近背部，一個一個緩緩拆開時，那同學已經可以隔著衣服單手解開如同解開最簡單的數學題目，她甚至相信，可以不用手。時常，上課上到一半，胸部就會有陣涼意竄過，起初還會覺得慌張，習慣以後就會用手扶著胸，鎮定地等到下課去廁所扣上。

發現越刮體毛越粗，她就不刮了。但仍算少，至少沒聽客人講過這方面的問題。龍哥就很喜歡撫她小腿上的細毛。「牡丹啊，」龍哥習慣換一口氣繼續說：「我要帶你遠走高飛。」好像長在小腿上的，都是羽毛。

她從來沒有認真過。龍哥是地方角頭，身體粗壯，動輒出現新的傷痕。她說，我不想承受失去你的風險。實際上是，一直以來讓她動心的男孩都不是那種道上的兄弟。但跟這麼多人上過床，龍哥是最溫柔的，更甚外表西裝筆挺的紳士。

射精後，他會讓她枕在手臂上，抱著她。她需要很努力地回想數學公式，想著哪一條倒是忘了。龍哥喜歡說他以前的事情，說跟某某幫派火拼時，一個打十幾個，還活著逃出來，接著翻開他的衣服，一個疤一個疤說，每個都有故事。其實聽這麼多次都記得了。她會靜靜地聽，在心裡悄悄模仿。偶爾嗲聲地說，龍哥你這麼厲害啊。她只說這些。

他有時會哭，把頭埋進她兩胸之間。她把手指伸進他頭髮，輕輕梳過，像要梳理那些惱人的思緒。

隔天小弟開車來接他，又是不可一世的樣子。她站在門口送龍哥離去，時間很早，連月亮都還沒完全下山。

晚上銀晃晃的月亮，到早上被天空蓋成淡淡的藍色。還是在，只是逐漸淡去而已。

龍哥離去之後，她獨自一人吃早餐，讀報紙。報紙時不時便寫政府要廢公娼的新聞。她想，廢了公娼只不過都變成私娼罷了，有個毛用，老娘可是從以前就不歸你政府管，現在倒想來抓老娘了。

那陣子警察多了起來。周遭有的人被抓走，再也沒有見面，聽說是被輔導去做別的工作。尤其萬華抓得最凶。

邊吃早餐邊想這個有些礙食慾。她有點想念常跟她坐在旅社門口聊天的春嬌姨。其實光她認識的人裡面，就有好幾個春嬌。有的春嬌會找她喝酒，喝一喝趴在桌子上哭；有的春嬌很悍，被占了便宜就從房間一路罵到門口。有的還帶小孩呢，丈夫跟人跑了，獨力扶養孩子長大。接客的時候還需要別人幫忙帶小孩，她就帶過幾次。

更久以前人家問起是做什麼的，她都說是在援助。援助什麼呢？人吶，失意的人，跟他們的靈魂。她故弄玄虛地說。那時大家還不知道，這詞是從日本進口的，被唬得一愣一愣。別人再問得深入一點，收了錢，和別人做愛（如果那算是做愛的話）。她沒有這樣回答過。那不就跟妓女一樣嗎？也曾被這樣問過。不一樣啊，這兩個是不一樣的。但哪裡不一樣，卻又說不上來。我更在意人的靈魂。她最後這樣說服自己。

現在這麼說只會換來一陣沉默，和嫌惡的眼光。

其實我們也跟你們一樣啊。她想，但沒再多想什麼。這樣的想法只會偶爾掠過，像是在都市上空出現的海鷗，或考試時腦中的公式。

想起國中老師時會感到愧疚，愧疚感比想起父親母親還要強烈。「反正我就是落翅仔，翅膀落了，再也飛不起來。」賭氣的她對父母說道。

現在確實飛不起來，只能在不同的床上匍匐蠕動。

不過看著客人帶著滿足的表情離去，何嘗不是一種成就感。能帶來成就感的除了其他人滿足的表情，還有龍哥。

龍哥的勢力和地位水漲船高。道上的兄弟發生爭執，只要龍哥出面，都會相讓三分。在潮水漲起的期間，總會淹沒一些來不及上岸的小蟹，或彈塗魚之類的小動物。但存於潮間帶的生物自然會找到應對的方式，沒辦法適應的，就不會住在潮線之間了。

龍哥不像潮汐，他不會起伏。即使聲勢高漲，射精之後依舊緊緊抱著她。

「牡丹啊，嫁給我，跟我遠走高飛。」龍哥頓了一下，像是在思考什麼。

「你嫁給我，我就金盆洗手。」

「貧嘴。」

她把頭靠在龍哥寬廣的胸襟，視線落在他結實的上身，卻好像看得很遠，幾乎望見一整片草原，以及更遠之後的生活。

草原很平靜，上頭有幾道溝渠，有規律地起伏。她仍被緊緊環繞。她知道自己不適合活在潮間帶，卻不知道這片草原裡是否隱藏吞人的沼澤。

一夜無語，龍哥不再提起她熟知於心的往事，也不談近期道上的紛擾。只是附和彼此呼吸的節奏。胸膛裡那顆跳動的心臟第一次如此踏實地存在著，空心圓柱體的血管稱職地輸送溫熱的血液，撐起她日漸冷卻的生活。

「好。」

打呼聲從頭頂傳來。

月亮從頭頂落下。

一早，龍哥梳洗穿衣，她只著胸衣撐起上半身靠在床頭，床邊散落的衣物被整理好放在棉被上。

龍哥走出門，錢留在桌上。她沒有送龍哥到門口。待龍哥離開之後才起身緩緩穿好衣服，去吃早餐。

一樣識相的打工小妹，一樣好吃的蛋餅，趕著上課的學生，已經遲到卻還悠哉閒逛的學生，一樣無趣的報紙和電視新聞。

她坐在早餐店，後悔著昨日衝動說出口的話。應該要答應他的，下次鐵定別嘴硬，她想。砰。

忽地聽見槍響，她還沒來得及反應，身體自動鑽到桌下。早餐店的人蹲低，只探出一雙眼睛看向外頭。

砰。砰。砰。

又是三響。她正考慮著要不要衝出門，龍哥就跑進店裡了。「牡丹，你怎麼在這，別出去啊。」重重喘氣。她發現龍哥腹部一片深紅，臉色嘴唇蒼白。她急得哭了。你會不會死啊，你一死我怎麼辦吶。龍哥手肘撐在地上，出來混，總是要還。她反倒笑了出來，無間道的台詞竟用在這。還不忘生氣，你還，是拿我的青春還。龍哥頂嘴，你也人老珠黃了，要還，還怕不夠塾利息。

她全身汗溼地醒來，坐在床上。笑了，跟龍哥沒那樣鬥嘴過。兩個只在夜裡相見的人，是鬥不起嘴的，那是一起生活好久把情話終於說完的人的奢侈享受。夢，便夢唄，至少夢裡還笑得出。

她才終於起身，換好衣裳出門吃早餐。今早的步伐特別輕快，旁若無人，以往令人感到沉重的日光也失卻它的分量。

一直到外頭下起雨之前，她都覺得這是一個完美的早晨。

明明是豔陽天，甚至連在落雨的時候太陽依舊燦爛。像是在嘲笑地上的人們，被天氣戲耍的日子總是有的，她會生氣，懊惱，但今天只是坐在門口苦笑。對她來說不過是過於快樂的空氣被稀釋而已，整體來說仍是好的。

她站在騎樓，有個身著制服的學生氣喘吁吁地跑進來。定睛一看，發現是先前被同學作弄拉進旅社的男孩。

「嗨。」她輕快地打招呼。

嗨。

她只顧想自己的事情，並沒有很在意那男孩。

上次，謝謝你。低沉細微的聲音。

她看向他。跟她的其中一任男朋友好像，他們沒有上床，但她會用手幫他。射出後她在洗手台洗手，那男的默默站在她身後。良久。「謝謝你。」

她把這件事情告訴男學生，男學生聽完沒有說話。可以用手幫我嗎？他問。要多少。你的話我不收錢，但只有第一次這樣。她回答。

兩個人無語待在房裡，男學生已經脫下褲子坐在床邊，陰莖軟軟的，縮成球狀藏在兩腿間。整個過程彷彿嬰孩成長，接著成熟，達到人生的頂峰，最後萎靡成將死之態。好快，是個小處男啊。她想，戲謔地用手挑弄疲軟的陰莖，龜頭上仍緩緩吐出剩餘的精液，一口一口。

她又重新想起那公式，實際上她根本無從得知自己為何對那一串比陰莖還短的符號如此在意。她只是發現自己不斷忘記，又想起。好像只要想起來，就完成某種儀式。

謝謝。
謝謝。

店長也曾這樣說過。那晚她幫店長洗完頭後，被抓住雙手。你好可愛呢，可以幫我一下嗎？用手就好。說罷她的手便被抓著塞入褲襠，陰毛從褲子上緣露出，往內看一片黑。很快的，那一次沒多久就出來了，但並不全是她的功勞，更正確說，她只提供手的觸感，和提供手作為接取精液的容器。

那觸感似乎到現在仍洗不掉。味道很濃，腥臭。學生的跟那好像，只不過剛偷聞一下，並沒有那樣重的氣味。

她對誰都沒有說。可能因為根本不是她弄出來的吧。

到家之後發現裙子上沾到幾滴精液，已經澄清成無色透明，但黏稠感尚存。她洗澡時順手把裙子洗乾淨，收進抽屜再也沒穿過。

學生體力恢復得很快。她慵懶地躺在床上看學生先穿起平口內褲，兩隻腳踩進褲管，把制服長褲拉至腰際。他們倆有默契地看了時間。

「遲到了呢，沒關係嗎？」

「今天沒關係。」

外面的雨已經停了。路樹樹葉上還掛著成串水珠，透過去看到成串太陽，這才發現龍哥好久沒有來陪她。說來奇怪，她好像早就預見這種情形，絲毫不覺突兀。

最近的報紙沒有跟掃黑相關的新聞，應該沒事。不知道何時起養成的習慣，會讀報紙的社會版。只讀社會版。先一眼掃過大標題，看看有沒有跟幫派牽連的，比如販毒、火拼。如果有她會先深呼吸，一口氣把內文讀完，確定跟龍哥無關才把氣吐出來。你這樣不適合幹這一行。媽媽桑看她不時這樣驚慌，如是說道。

龍哥沒有出現的日子像雨後樹上成串的水珠折射出她一連串孤單的身影。只有一個她還好，但當她多了起來，孤單氾濫，不可收拾。這一行本就孤單。她安慰自己。沒有誰會真的留下來。

她有更偉大的使命。攙扶起一個個落寞的人，供給他們歸屬，成為著力點，重新站起。

她挺起胸膛放下報紙。走回理髮廳，躺在長椅上。牌子放成休息中那一面。已經很久沒有幫人剪頭髮，附近開的連鎖理髮店，裡面年輕小夥子的動作一個比一個還俐落。

又要被淘汰了。

有時候她會想究竟是敗給誰。

「我究竟是敗給誰？」龍哥低沉的嗓音。

其他組織內年輕一輩的數量日益增加，擴張速度愈發地快，壓縮龍哥的地盤，大家看在龍哥的面子，都不敢造次，但地方的實權逐漸被其他人蠶食而盡。

她窩在龍哥的臂彎裡。他手臂上早已數得清的傷疤好似又多了幾道。外頭又下起雨。惱人的梅雨季。

她感覺有水滴在她頭上。不像外頭那樣下得大聲。裡面的是默默的，呼吸那般自然。

她硬眨著眼，擠檸檬那樣從酸澀的眼裡榨出一兩滴，甚至不知道稱不稱得上淚水的液體。她是哭泣的生手。

窗外的雨下不停，房間像是魚缸，失去所有外界的聲音，只聽得自己呼吸。有時連呼吸都聽不見，靠夢的氣泡提醒自己還活著。

龍哥呼吸平穩，偶爾身體一震，皺了皺眉頭又繼續睡。她徹夜看龍哥的臉發呆。白天時她也是這樣看那學生，只是學生閉著眼卻沒有睡著。

他們之間有些相同，又有些不同，有些只是相像，但絕對不會一樣。

「我要金盆洗手了。」龍哥沒有睡著，只是閉著眼。「不想再讓家人擔心了。」

她把手伸進他的頭髮。這幾年變得稀疏許多，已經蓋不住她的手掌。

在夢裡，龍哥緊牽著她走在街上，路過好多同學，路過店長，來剪過頭髮的人，路過那位在當老師的親戚，路過……

她跟那一切都再無交集，不同的時間軸編織出不一樣的人生。也許她不會再記得課本上那些公式，再沒有必要記得那些。

魔術師

「弟弟妹妹跟姊姊一樣都是魔術師。只要你是魔術師，就可以把繩子合起來喔，只要你相信，就可以把繩子合起來喔。弟弟妹妹，姊姊數到三，你們跟我一起說我相信。」

這些還不是全部，她不斷發問，問台下一雙雙明亮清朗的眼睛。

你們相不相信奇蹟會發生啊。

電風扇吹得她頭髮飄揚，音樂的音量在快要蓋住她聲音的臨界點。大家還是可以清楚聽到她說的話，並且為之鼓舞。不知道因為她的聲音太有特色，還是她說的內容，是不會被任何雜音掩蓋的，具有穿透性的話語。

相信！

台下的小孩子大聲回應。像是真正相信那些技法一樣。

得到回應後一秒鐘，她從嘴裡吐出許多顆不同顏色的球。

台下傳來小聲的尖叫，很快又被更大的驚呼蓋過去。只要相信就會有奇蹟。她說。嘴裡的球還沒吐完，又拿出下一個道具。小孩子們睜大眼睛，直瞪著她身旁那個小紙袋，好像裡面真的藏有魔法，或是通往魔法的國度。

在這個年紀應當如此吧。假如，我說假如有某個小孩沒辦法開心地相信那些實際上是障眼法的魔術，並且無從為此感到快樂，想必是一件非常悲傷的事情。而依照她的個性，一定會一邊告訴我這件事情一邊流淚。

我暗自祈禱在場的孩子都能擁有這年紀應該擁有的天真，感到驚喜，仍能毫不保留地表達自己的驚訝。幸運地，孩子們聲音都很大，反應熱烈，應景得像是室外毒藍藍的日光。大家坐在地上，眼神專注，有的眼神銳利，好像這樣就可以切割眼前發生的一切，從所處的空間中找尋奇蹟竄出的那條縫隙。

他們總有一天會找到的，知道所有的奇蹟都可以被量產，知道魔術師們如何在大庭廣眾下躲避眾人的目光，或誤導視線往無關的細節去。

只要不是現在就好。

每每我說這些，她都會跟我爭論，語氣裡對自己帶點懷疑。「魔術師帶來快樂啊。」她這麼說，也相信。看進她的眼眸，我的質疑都被她眼中的火燃盡。漸漸地，我不再這樣消遣她。我不喜歡她懷疑自己。

音樂繼續播放。是外國卡通的主題曲。那部卡通講述在某個國家的公主身上發生的故事。卡通總是如此，所有事情都跟王國或公主或王子有關，但哪裡來這麼多皇家的血統呢？哪裡來這麼多與好人相關的壞人。壞人之所以是壞人，不正是因為他們與善與美毫無干係。如果他們一開始知道了善的存在，還會是那個樣子嗎？我自問。正當我又胡思亂想著，她已經開始跳與魔術無關的律動。小朋友們坐在地上，短短的身軀伸展搖擺。空氣因為音樂開始升溫，緩緩膨脹。

教室裡的空氣變形。似乎有某種不可名狀的東西出現、感染。隨著魔術表演進行，原本日光照不進的教室更亮了些。

她正從口中拉出一串彩色的紙條，不停地拉，跟著音樂。暖色調的顏色跟音樂很搭。

我並不常看到她工作的樣子，平時我也有自己的工作。今天看見之後，會覺得比起小朋友們，她應該更加快樂，甚至應該是教室裡最快樂的人。畢竟只有我知道為了這個她曾經多麼努力練習，放棄其他的機會。

有沒有悲傷的魔術呢？那天晚上她吃飯的時候問我。沒有吧，魔術本身不就是為了帶來快樂嗎？我回答。我很快樂喔，看你表演的時候。我接著告訴她。她笑了，臉上卻仍籠著陰影。我有些在意，但沒有太在意。她常這樣。明明幾個小時之前還活力十足地告訴小朋友們要相信奇蹟，結果當天晚上就開始懷疑起自己。

她時常忘記自己曾經說過什麼。即使至關重要的事情也是如此。我猜測可能是因為太頻繁地自我懷疑，導致沒有什麼事情值得被好好記住，對她來說。她當然不會承認這點。實際上她能夠把別人的事情記得一清二楚。所有小朋友的名字她都記得，就算都只有見過一次面。

你記得你曾經說過魔術本身就是為了帶來快樂嗎？你怎麼自己講的東西都不記得。我問。我也不知道，可是我記得每一個小朋友的名字喔。她回答。

又有幾個夜裡，她問跟悲傷有關的問題，即便她自詡為一個帶來歡樂的魔術師。當然這些都不會被小朋友聽到。可能她所帶來的快樂都被拿去餵養自己的悲傷了吧。我會疑惑為什麼要為那些小朋友如此努力，尤其看見一些頑劣的兒童之後，這種疑惑更根深柢固在我心中。

沒有人一生下來就願意變成那樣喔！她認真地對我說。每個人都想要相信奇蹟，相信那些閃亮亮的奇蹟終有一天會發生在自己身上，每個人都是這樣，想要相信自己會變好，但是有更多人失去相信的力氣，只能躲在角落暗自祈禱自己有一天可以消失。

吃完飯的晚上，我們並肩坐在沙發上。我手繞過她的脖子，摩挲她的手臂。電視上正放送前陣子的連續殺人犯伏法的新聞。我用側眼看她。她在哭。

那些頑劣的小朋友中，會有幾個長大之後出現在新聞上吧。我這樣告訴她。她哽咽著看我。

「我想要變出力氣。」她直視我的雙眼，像是要看進我的裡面，很裡面。

「我想要變出力氣。」她又說了一次。「讓他們可以相信這個世界。」

每天下班之後，會去她工作的學校接送下班。她總準時站在面對校門口的左側，跟擔任糾察隊的小朋友談天，隨手變一點小魔術。小朋友驚呆著，忘記注意紅燈綠燈的遞嬗。聽說因為她，原先是個苦差事的糾察隊，變得炙手可熱。大太陽底下時間被奇蹟稀釋，更快地流逝，似乎時間流都被她靈巧的雙手帶動。

魔術師帶走時間。其實本意不是如此。他們只是想要拉起一個一個與自己相關，或無關的嘴角。時間只是副作用。如同有時候愛人之時，不免夾帶些許傷害。

為了變魔術給小朋友，她有時會忽略我的存在。就算我們只有幾步的距離，也要我按好幾次喇叭，她才會注意到我已經在更前面的地方等。但如果沒有特別趕時間，我不會叫她。我會等她完整地變完一個小魔術，等她抬頭看見我。即使是那個時候我喊她的名字，仍要等待一小段時間，她才能發現我的位置，好像聲音的速度在她的世界裡變得很慢。

有時候我也會想，會不會因為這樣，她說的話要經過好久好久，才會進入自己的耳朵。那麼我現在說的話她都聽到了嗎？我不知道。至少現在就算知道答案也沒有意義了。如果真的沒有聽到，她也已經沒有辦法等到我的聲音抵達她的那天。

以至於她消失的那一天，我以為這一切都只是開玩笑。

畢竟回想起來真的過於荒謬。

與往常無異的下班時刻。車輛一樣充塞路口。校門口的交通混亂如常。我在校門口左側停車，尋找她的身影。應該只是有些事情耽擱了。我這樣想，即使這種事情極少發生。雖然她熱愛魔術及小孩子，但極少為了工作延後下班時間。

這樣說起來她也有些懶散呢。對什麼事情都有點這樣的感覺。

像是我們也已經提及結婚好幾次，她都不很熱衷於此事。

「我愛你啊。」那一天的前一天晚上我們為此爭吵後，她對我說：「我愛你啊，只是我們現在真的沒辦法負擔。」

對不起，可是我真的好喜歡這份工作。她接著道歉。我明白她說的是前一陣子推掉的工作。她去徵才網站放自己履歷，照她的學歷，一定能夠找到比在學校裡當魔術師待遇更好的工作。

我無意影響她選擇何種工作。更直接說，我不覺得我們之間的感情需要那一紙結婚證書來保障，縱使我們都知道除了證書之外還有很多法律上的問題。

「我希望你自在，但同時我也希望能在你的藍圖之中。」我這麼告訴她，在那天的最後。然後她哭了。

我是在看過她表演後愛上她的，只是現在我們都需要一些改變，一些犧牲。我也很不捨，對於她必須離開舞台才能夠維持彼此共同的生活這件事情。老實說我更感到愧疚，竟然必須讓她放棄這份熱愛的工作。

「是不是只要我消失，就不用再煩惱這些問題，你也不用再煩惱了。這樣你是不是會比較快樂。」她淚水橫流地趴在餐桌上，彷彿感染空氣，空氣變得潮溼。她哭的時間很長，長得我幾乎以為她要變成水了。

我輕拍她肩膀，不敢太用力，害怕一不小心她就會散掉。我說別這樣想啊。別這樣想。說起來簡單但怎麼不那樣想呢？現在想起來我當時真是不負責任，把全部的事情都交給她一個人承擔，邊在一旁說風涼話。

別這樣想。我在只有我一個人的餐廳不停說著。連燈光都好像黯淡了些，但沒關係的，現在只有一個人，原不需要這麼亮的。

她消失的那天晚上我趴在餐桌上度過。眼睛很乾，彷彿眼淚在前一天就被她哭完了，我沒有資格哭。頭腦不斷運轉，上演各式各樣的劇場。她會每天暗自研究把自己變不見的魔術嗎？直到今天終於成功了。這樣她會把自己變到哪去呢？說起來那真是個悲傷的魔術。我自言自語。你這不是變出來了嗎？

只是這當然不可能。我們剛開始交往時，第一次知道她的工作是魔術師，我便開玩笑地問說能不能把自己變不見。不行啊，如果可以的話，想必是個很偉大的魔術。她說。臉上慣性地帶一絲愁緒。

越想越像是真的。

隔天早上我去警察局備案。

第一次進警察局有些緊張。正確地說不是第一次，我以前有進去借廁所問路過。從外面看有些陰暗，進去之後比想像中明亮整潔，辦公桌排列有序，營造一種效率和親切的氛圍

（其實我們都知道不是如此）。有位女警站在服務台，我向她詢問失蹤人口要怎麼備案。我還沒講完我的問題，她已經站起身，領著我朝某位男警察走去。在腦中我思考要怎麼告訴警察這一切。她是一位魔術師，然後把自己變不見了。能這樣說嗎？那些警察會相信嗎？

那位警察問她長相的特徵、當天的穿著、身高、體態。

講完之後我到學校找平時跟她很好的一位女老師，不過名字我不記得了。女老師認出我是她的男朋友，笑著走上來。大概以為我是來幫她請假的吧。

「昨天她有什麼不對勁嗎？」

「沒啊，小朋友一樣很喜歡她的魔術，她昨天讓硬幣消失，小朋友還一直要求她慢一點，她也不斷把速度放慢，可就是沒有人能看出到底是怎麼消失的。」女老師興奮地說。

我腦袋裡面想的是，她也曾經在我面前變過這個魔術。跟那些小朋友一樣，我不斷要求她放慢速度，但我還是沒有辦法找出那個讓硬幣消失的空間中的縫隙。

人與人之間大概就是一場一場的魔術。說話如何緩慢，就是會有一些旁人無法理解的地方。「每個人都是魔術師。」直到現在我終於稍微理解她曾說過的這句話，即使可能不是她所想的那樣。

那我相信你會出現，這件事情會發生嗎？

「所以你今天怎麼會來啊，魔術老師呢？」女老師又問。

「呃，她今天身體不舒服，我來幫她請假。」

我最後沒有告訴那位女老師她消失的事情。甚至在最後的最後，學校的老師們和小朋友仍不知道為什麼如此受愛戴的魔術師再也不來上班了。也不會知道我就是讓這世界失卻一部分笑聲的罪魁禍首，雖然只有小到不能再小的一小部分。

那天請完假，我就再也沒進過那所學校一次。

她的父母到我的租屋處是兩天後的事情。其實我在隔天晚上就打電話告訴他們了，確認她有沒有回去家裡。我聽見電話裡翻紙張的聲音，過了很短的靜默。

「兩天之後有空。」低沉沙啞的聲音說道。好的，有任何消息我會再通知您。我回答。

那晚掛上電話，耳朵恢復寂靜。我厭倦向所有相關的人通知或詢問這件事情。心底暗暗埋怨。為什麼要把這種麻煩事情留下來，你就不能消失前自己講嗎？如果你要報復我的話，那已經成功了，快點回來吧。

想了一次，我又用嘴巴大喊一次。她也許會從家裡某個角落跑出來，笑著對我說哈哈知道厲害了嗎，現在相信魔術真的是奇蹟了！

我一直都相信，我相信你，你就是奇蹟，拜託……再展現一次奇蹟給我看吧！偉大的魔術師。

終於什麼動靜也沒有。原先死寂的空氣變得更加死寂。燈更暗了些。她不會出現。這件事情更篤定一點。

我想我永遠都會記得她父母來的那天，就算沒辦法永遠記得，要忘記也需要很長的時間。

星期六早上八點，我沒有上班。我很準時地醒來。頭昏腦脹。連續兩天晚上我都是哭著睡著，早上哭著醒。

門鈴在八點十分響起。過一會兒我才意識到那是她的父母來了。

我從床上爬起，搖搖晃晃往門口走去，從貓眼看出去，是兩位神情冰冷的中年人。過了一會兒才意識到那就是她的父母了。

打開門後，他們不待我招呼逕自往家裡走。我有些不快。他們找了椅子坐下，語氣冰冷。

「到底發生什麼事情快點說，我們還要趕時間。」中年男人板著臉說。

「你們的女兒消失了，可能是因為某種我們無法理解的魔術。」我回答。

「別開玩笑了，我們放下公司的事情過來不是為了聽你說這些鬼話。」冰冷的話語從角度冰冷的嘴角流出。一旁的女人不時按開手機螢幕，確認時間。

我有報警了，如果這幾天有任何消息我會再通知你們，或是需要任何線索也要麻煩你們。我的不滿逐漸高漲。那是你們的女兒，你們確定還要這種態度嗎？我還是沒有問出來。

他們冰冷得像是不管我說出什麼都會直接結成塊，而他們只會從成堆的話語中擷取他們認為有意義的片段。

他們不耐地離去。家裡又只剩下我一個人。我突然有些感激他們直接跑來，讓我確認自己與這個世界仍有連結。

我曾經聽她敘述過父母。詳細的內容我不太記得了，總之是一個難以令人感到溫暖的家庭。我到現在才真正明白她說的是什麼意思。

她消失之前就知道他們會是這種反應嗎？倘若是這樣的話，那將是多麼悲哀的家庭和童年。沒有一絲時間被浪費，沒有任何不具意義的玩耍和嘗試。她究竟是如何長大的呢，又該付出多大的努力才能如此相信自己做的事情是有意義的。我相信，我只是不停相信著。她一定會這樣告訴我吧，縱然她是那樣的悲傷，卻不斷面對著陽光。直到目盲。

最後什麼也看不清。其他感官會變得敏銳吧，這樣一來，可以更清楚地感覺到自己吧。可以知道自己是怎麼被構成的嗎？可以知道自己如何跟外界互動嗎？知道這些是必須的嗎？

你是必須的。至少我心裡是這樣想的。原本我以為她是必須的。這樣說比較精準。但她走後我依然照樣活了三天吶。原來魔術是這麼一回事——推翻我們原先堅定不移的信念，建立起新的對世界的理解。繩子剪斷本來就會變成兩條啊，但一到魔術師手上就怎麼剪斷都仍會是一條，有魔力的到底是手還是繩子還是這個空間，我是永遠都不會知道的吧。

就像我原以為人不會憑空消失的。我想起她趴著哭得像水的那個夜晚，她確實是像水一樣蒸發掉了。我走到我們曾經一同散步的公園。裡面有一個噴水池，有漂亮的雕像，會噴出兩層樓高的水柱和大量的水霧。夏天時那水霧頗受歡迎，住在公園附近的人會帶著家裡的小孩，或寵物，或只是獨身前往。水氣環繞，大家閉著眼睛感受衣物被似有若無地打溼。為時一分半的噴水秀結束後，眾人又各自走進陽光。衣服仍是乾燥的。好像什麼事情都沒有發生過，好像一切都只是一場盛大的幻覺。

如果你有與她共同度過一段時間，那麼那段時間的確會好得像是幻覺一般。比如說我可以不斷回想她仍在著的那些日子，卻怎麼樣也想不起她不在的那些更早以前的日子。似乎她一直在我的生活裡，從我有記憶以來。當然不可能是這樣。我對她愈發佩服，對她所造成的這些近乎神奇的現象。

我繼續在公園裡走著，往回家的路上，從口袋拿出一包菸。她不准我抽菸，於是我戒掉，她消失以後，沒有人管我，終於又可以開始抽了。我故意在家裡的各個角落點菸。如果她隱身在家裡的話，就可以像燻蟋蟀一樣把她燻出來。然後我會跟她道歉，並且再度立刻戒掉菸癮。

而我還是不需要戒除這習慣。

鬆了一口氣，我抽得更凶。手上的菸燒得很旺，口袋裡很快只剩下空盒。我把菸頭沿路丟棄。她倘若迷路，就可以跟著這一串記號回家。

警察的搜查行動沒有任何收穫。不知道是什麼位階的員警說他們會持續搜索。我向他們道謝，自掏腰包請每個員警喝飲料。

找不到不是他們的錯，就連我，即使她正在我面前，有時候也會不知道她在哪裡。她的眼神容易失焦。我必須不斷注視著她的瞳孔，從上面找尋我的影子，才能稍稍確認我還在她的眼中。

從警局出來之後，我走往附近一個傳統市場。那有很多個入口，我走的那條沿路有很多食物。我習慣買兩支烤黑輪和兩杯綠豆薏仁。接她下班後，我們常一起去這個市場買菜。

我站在黑輪攤前，煙霧瀰漫，我跟老闆說要一支烤黑輪。老闆沒有回答我，在煙霧中低頭翻轉烤架上的東西。我說的話被煙霧及旁邊賣衣服的小販的大聲公擋在這裡。我又說了一次。老闆點點頭，從一旁的保麗龍箱子中拿出一支黑輪。

我想起她會在表演中播放各種音樂，同時問台下的小朋友們一堆問題。你們知不知道這是什麼歌呢？你們相信奇蹟會發生嗎？她的聲音從未被音樂蓋過。如果她來這個黑輪攤，一定可以第一次就讓老闆聽見我們要點的東西。

小朋友們也會知道她真正想要傳達的東西嗎？那些精神能否穿越語言重重的隔閡，抵達小朋友的那一邊，留下一些腳印。我希望可以，希望她能留下一些痕跡，快樂的。就算那些都只在小朋友的靈魂之上。畢竟她對我說的總是悲傷的事情，或問題。

但只要能留下來就好，我這樣想。

更往市場裡走，路中間站著一名街頭藝人，大家都要從他旁邊側身通過。這幾年來街頭藝人的數量暴增，連我所住的這個小地方的小菜市場裡都會出現。好巧不巧也是個魔術師。她也去考過街頭藝人，但是沒有真的去當，我覺得那太危險，最後她折衷去學校任職。

那個魔術師配合輕快的音樂，舞動精巧的手勢和體態。身上穿一套灰撲撲的西裝，在袖子處露出線頭。手上拿個黑色高帽，手往裡面伸，摸出一隻鴿子。接下來是一長串彩帶，舊舊髒髒的，原先應該是更亮眼的顏色吧。他朝觀眾展示帽子內部，裡面什麼都沒有。我仔細看想要看出任何藏匿空間留下的跡象，還是找不著。但我深信一定有哪裡不對勁。

有問題的東西就不會給你們看了喔。她在某次向我變完某個小魔術後這樣告訴我。會展示給你們看的一定不會有問題喔。

就算這樣說，觀眾們，喔請容我更正，觀眾裡的那些成人，還是會一廂情願地相信那空蕩蕩的帽子裡應該藏有什麼。如果是孩子，他們看見什麼就會相信什麼。魔術師們便忍受成人的誤會，持續領著快樂抵達這個世界。

他又拿出一張紙，迅速點火一丟，紙片在空中迫不及待地燒得一點也不剩。義無反顧得像是從未害怕自己不被記得那樣。火光短促燦爛，某段快樂的日子般。那光太短了，和長得望不到頭的人生比起來太短了。留下過長的黑暗，現在的我像是走在無光的隧道中，沒有光，就什麼也沒有。

我走過那位街頭藝人身邊，把剛才買烤黑輪找的零錢丟進他前面的箱子裡。他用眼神向我示意道謝，音樂沒有停止，他的雙手也仍隨著音樂揮舞。我往菜市場更裡面走去，忍耐著不要再回頭看他。

我在不同攤販間穿梭，一邊思考晚餐，一邊挑選蔬菜肉類。人不太多，但路也不寬，要不時側身才能避免碰著對向的人。走到某處時人潮壅塞起來，我從肩膀跟肩膀間的縫隙往前面看，只看得到更前面人的頭。從前方的兩腿之間的縫隙看地面，有個乞丐趴在市場裡小小十字路口上，渾身破爛衣物，剛發生的傷口和結疤過又脫落的傷口交錯長在身上。流著血的傷口上面停有幾隻蒼蠅大快朵頤，我想像蒼蠅在凝固的血塊上搓揉自己的雙手，一邊挖起一旁未乾的血放入口中。想到這覺得噁心。

大家摀著鼻子小心從旁邊繞過去。

乞丐前面的碗被踢翻，零錢灑了一地。他遲緩地收整銅板，並且試著把碗扶正，那碗的底座缺了一角，大家走過的時候就算很小心，還是難免會有一兩個人踢到那碗，他便一次一次把碗扶回來。偶爾有人在裡面放進幾枚銅板。

「謝謝你，好心有好報。」他用沙啞的聲音大喊。

人群前進緩慢。我還是等不及，直接往回走，反正很多個攤子都會賣同樣的菜，而且車子也在回頭的那個方向。如果她在我身邊，她也會想要往回走，但是會先在缺角的碗裡面丟下銅板。

不愧是魔術師啊，在最小的角落也可以變出微型的煙火。我常這樣告訴她。她會紅著臉說這樣也算是奇蹟的一種吧。其實我是想要調侃她的，不知怎麼她卻全盤接受這些並不明顯的惡意。是被誤會慣了，知道被誤會的人的難堪，於是習慣相信他人所說的所有話語吧。

當相信變成習慣，這件事情本身多少帶有一點悲哀。

每日乞丐和魔術師都在那裡出現，幾乎成為日常的一部分，讓人有他們是一種不可或缺的存在的錯覺。我對他們來說也是這樣的存在吧。如此一想，又感覺重新被需要。

菜販朝我吆喝，喊說很久沒來了今天的菜很便宜要不要買一些。我朝他微笑，點點頭打招呼，又搖搖頭。今天的份已經買夠了。出菜市場的路上不斷有熟悉的攤販大聲招呼，我感到有些窘迫，沒來由的。

其中有些人問她怎麼沒來。

我愣了一下。他們都還不知道。他們不必知道的，並不會因為她不在而受有任何損失，我還是會來買菜。還是說，一個人的消失便足以引起他人的感傷。這是惻隱之心吧。不因為她是顧客而擔心，而是因為她。

我不禁想到在教室裡看過的那些魔術，大家會笑，會驚呼，都不是因著魔術師，而是她所創造的，小朋友眼中的，魔法。魔術師只是媒介，召喚所有的光影、精靈、鴿子到現場，然後任那些元素完成一場表演。魔術師只是媒介。只有她是她的時候，才會有人——只有我——認為她的存在，便是一個奇蹟。

因此我第一次看過她在學校的表演，回家後我賭氣。我覺得在那間教室裡，她失去某種，嗯，主體性。而最荒謬的是，她自願拋棄自己的主體性，去取悅那些小朋友。我是這樣想的，與她的想法迥然不同。

那天晚上她跟我去公園散步。我們牽著手但沒有交談。有風，但不很涼，不至於讓人流汗。什麼話也沒說，只是散步。她晃著手，踩著歪斜的步伐，偶爾偷偷瞥我一眼。你是不是吃醋啊。她說。那些只是小朋友啊。說完握緊我的手，用拇指來回搓我手背。

走過水池，剛好正在噴水秀。她牽著我跑進水幕。我感覺到頭髮、眼鏡、臉和衣服都沾上細細的水，細到一走出水幕衣服就乾了，我甚至以為都只是幻覺。她笑著對我眨眨眼。我也笑了。牽起她的手，什麼事情都沒有發生過。

離開菜市場時我如釋重負。街頭藝人還在原地，音樂已經換不知道第幾首。乞丐應該也沒有離去，依舊用孱弱的身子阻礙交通，增加存在感，以空間換取可能的金錢。

回家路上，腦子裡不斷回想方才市場中所見，乞丐潰爛的皮膚上搓弄雙手的蒼蠅，好像正對著傷口施加魔法。昆蟲界的小小魔術師。那隻蒼蠅身邊有另一群蒼蠅圍繞。我又想起市場外頭變魔術的街頭藝人。要是這樣說一定會被她糾正吧。

「是魔術師喔！請更正，是魔術師。」她指著我的鼻子這樣說。我的意思是，她一定會這樣說的。

蒼蠅和魔術師在我腦裡不斷重疊。我再回去看時，那位街頭藝人，啊不，是魔術師，已經消失了，只剩下蒼蠅。

小時候家裡在菜市場擺攤，夏天時滿滿都是蒼蠅飛舞，嗡嗡聲好似要蓋過其他攤販大叔的叫賣聲，從未停止。比起蒼蠅我更喜歡蚊子，不知怎的，蚊子的動作總比蒼蠅慢一拍。蒼蠅是不能用手打的，我很久以後才終於認輸，每每我往那煩人的黑點上招呼，再伸起手時卻毫無斬獲。

當我意識過來時，已經什麼都不剩了。

遇見隔壁鄰居。果不其然又問起她。我沒有回答。直接打開家門。鑰匙很順利地插進去鑰匙孔，跟以往一樣。

晚上不小心準備了兩人份的晚餐。

我撐著肚子把菜跟飯吃完，假裝從頭到尾都只有準備一個人的飯菜。吃完後坐在餐桌發呆，腦中一片空白。忽地門鈴響起。我站起身。走向大門時，卻不像走在自己家裡，是個陌生的地方。身邊圍繞許多熟悉的感覺。從帽子裡無端被拉出的陳舊彩帶的氣味。乞丐身上蒼蠅快速振動翅膀發出嗡嗡聲。她所引起過的笑聲，這些事物彷彿牽引著我走向一個應該去，或者應該在的地方。那是讓我感到如此熟悉的世界，以至於我在轉開門鎖的一瞬間脫口而出。

你回來了。

地震

一陣搖晃後，整個家裡陷入無邊際的黑暗。父親坐在板凳上老神在在，繼續抽菸。其實我根本看不到他，不過從他的聲音，空氣裡仍未消散的二手菸，可以感覺到他鎮定地坐著。光是這樣就好像壓實了鬆散不安分的地殼。

很快整棟大樓又重新恢復供電，新聞報導各地災情，我們才知道原來這是幾年來最大的地震，小小的螢幕充塞各地倒塌的大樓。父親把菸屁股捻在菸灰缸，滿不在乎地點起第二根菸。他說肚子餓了要買消夜，我回答說吃不下。父親看出我是受新聞影響，脫下眼鏡，直盯著我。明知道他近視很重，沒有眼鏡看不清，還是覺得被看進去了，很裡面。

「幹。」他俯視我，雖然我們一樣坐著，但就是有這種感覺。「不然你要代替他們去死嗎？」

*

我獨身一人住在這棟大樓已經一年多，每日重複相同的作息，早上七點半出門上班，在樓梯口會撞見帶著小孩下樓的王叔，每回見到他總會簡單地問聲好，不多也不少。

剛搬進這裡時頗不習慣，有別於南方的熱情，這棟大樓裡的人們似乎不喜歡與人互動。「好。」已經是最熱切的問候，再更深入的便嫌多了。我曾經問過王叔，他小孩幾歲啊真可愛呢。沒想到他什麼話也沒說，只是離我遠遠的。那幾天家裡有小孩的人看到我，都會加緊腳步從我身邊走過。

只有吳嬸不會。撐著肥短的身材到處走，真的就只是走，近乎天職般，或者國王巡視領土那樣。她腳步急促，但呼吸悠然，明顯習慣這樣的步調。

如果我是討人厭的類型，那麼吳嬸，絕對是另一種討人厭的典型。若在走廊上遇見她而沒有閃避，她就會推定那是因為你想要聽她講話。雖然這棟大樓的住戶很介意別人探聽自己的隱私，吳嬸卻可以把每個人家裡最近發生的事情摸得一清二楚。初入住時不知道，被吳嬸攔截到好幾次。她抓到第一隻獵物，便無暇搭理其他人了。我看著路過的住戶憋笑，才稍稍明白屬於吳嬸的潛規則。

我每天的生活很規律，晚飯後到睡前的空檔會看點書，通常都在備課，如果真的太疲倦，只能翻翻雜書。總有時候會什麼也看不下，我就保持安靜，可以聽見樓上王叔跟陳阿姨又在吵架，小孩哭鬧，有物品被摔落在地上但沒有破。長而單調的夜晚因此增色不少。

隔天不用上班的話，睡前我習慣把這一周的事情回想一遍。這是小時候養成的習慣，以前我不喜歡上學漏東漏西，於是每天將老師交代的作業、上課要用的物品慢慢回想，避免任何遺漏。長大之後習慣留了下來，但不像小時候每天有這麼多事情需要記，所以頻率改為一個禮拜一次。

這樣很好，可以確認整個禮拜上課的進度、家長的意見，可以反省自己的表現。缺點是如果想的太多，太廣或太無厘頭，那一晚便很難入眠。嚴格說起來也不能把這件事講成缺點，有時會造成困擾罷了，比如隔天有個早上的約，就會整個早晨頭昏腦脹。

某天我站著，面對外頭，眼前是一大片落地窗。晚上的風很急，啃咬玻璃門窗發出怒吼。若玻璃的化學結構再疲軟一些，是否仍抵擋得了風雨的侵擾？但如果結構不夠堅挺，也就不會被用以對抗風的利齒了吧。我腦裡填塞一連串無意義且充滿矛盾的自問自答。只要我失眠，就會這樣站在，或坐在餐廳裡，把平時迴盪耳際卻從未被好好正視的問題翻找出來，一一給予解答。即使那些問題並不總是精闢，有時甚至毫無意義，不過對我來說，問題本身就具有其意義，那是陪伴是提醒，在空無一人的房子裡，感覺到自己真切地活著。

這天我又睡不著了，因為一場地震。

牆上張牙舞爪爬滿地牛恣意發怒留下的痕跡。約莫凌晨三四點吧，我正躺在床上，回完最後一則短訊，也確認了臉書上的動態都已經看過。震波便猝不及防地到達我所住的房子的地基，並且扎扎實實傳導至我的床。睡覺時我習慣關燈，手機螢幕暗下，連自己的手指都無法看見。不過當地震來襲時，周圍竟好似又更暗了些，像是以為再怎麼樣也不過如此的烈酒，後勁卻比想像中更強上一個檔次。我終於受不了濃烈得令人近乎窒息的黑暗，爬起身尋找最近的開關。若驅趕一些黑暗，能夠容納氧氣的空間應該也會增加不少。我的心裡是這樣打算。

直到更強悍的震波朝大樓撞來。架子上的花瓶、書、筆筒、裝廢棄電池的小桶子散落一地，櫃子門的壓克力板被擠壓發出嘎吱聲。我親眼看見裂痕發生的過程，從小小的鉛筆線條，越長越大，最後長成再也沒辦法忽視的抓痕。我依著印象中學校曾經教過的步驟，把門打開，避免扭曲變形，抱一顆枕頭躲在櫟下。

地震又震醒了許久以前的噩夢，父親的亡魂扒開鬆軟的土壤，握住我的腳。睜大眼告訴我人定勝天，聲音細不可聞，我就是知道他想說些什麼，知道他總是對我不滿意，知道就算毫無理由，也必須責備我。突然間他被硬生生拉回土裡，在夢裡叫不出來，即使他真的說了什麼，陰陽之間應該仍有些無法跨越的隔閡。不禁覺得有點諷刺。

他因為肝癌離開，直到死前都在嘲笑上天，說不過區區癌細胞沒辦法奈何得了我。生前常常也這樣嘲笑我，大學學科被當，畢業之後找不到工作，找到工作後升遷速度不比其他人，曾經短暫陷於憂鬱症的泥沼。我所經歷的一切都被歸咎於不夠強悍。他明明也沒什麼成就，沒賺特別多的錢，沒有特別高的學歷，只有比別人厚的臉皮。再多的話到了他面前我卻說不出口。

如今我只能蹲在這裡，觀察空氣隨著強震晃動，連光線都被震得閃爍不定，雖然心底知道父親只是喜歡講渾話，但他講話時那白大的神情，總令人想要窮舉一切反駁他。如果他遇到這次地震，一定沒辦法那樣大言不慚地發表人定勝天論。但終究是沒辦法證明什麼了，我有些懊惱，把枕頭抱得更緊一些。

地殼沒辦法穩定下來，我便精神恍惚在回憶裡睡睡醒醒。這次地震又強又久，原先以為終於可以睡覺，沒想到又搖了一陣。牆上的裂縫在地殼不住地催生下，已經萌長到床邊，我再也無法入眠。趁著這波餘震剛結束，我套了件夾克，趿了拖鞋往外，出門後鬆了口氣，樓梯間可以聽見各樓層住戶互相問候，伴隨小孩哭鬧的聲音。

我看見住樓上的王叔叔正往樓下走。我微笑向他點頭，他也回禮，但神情有些匆忙不安。他身上還穿著成套的藍色圓點睡衣，腳踩藍白拖鞋，手裡牽兩個小孩子，小孩眼眶紅腫，想必是被地震嚇著吧。

「家裡還好嗎？」我客套地問。

「還好。」王叔只簡短地回應，便匆匆下樓，眉頭皺起，途中幾次放開孩子的手查看手機，然後失望地把手機放回口袋。從他的神情就可以判斷，一定又跟老婆吵架，除此之外，他沒牽著老婆出門也是線索。至於為什麼知道是吵架，就不得不提到吳嬸。

說時遲那時快，接著我便看見住在王叔隔壁的吳嬸。她看到我顯然非常開心，畢竟我是這一棟大樓裡少數幾個會耐心聽她講八卦的人，平常我只與她一個無心的錯身，她就可以把我拉回來講上十幾分鐘，說隔壁王叔跟他老婆如何吵架，樓下的陳嬸又抓到她老公偷腥。她總是端著滿腹八卦四處走動，多到講話口水四溢。我是個心腸軟的人，每被她逮到，只能笑著聽取她冗長的報告。

「你知道小王又跟老婆吵架了嗎？這次吵到凌晨十二點多啊，結果聽說離家出走了，我在家都聽得到。」她喘了口氣繼續說，「我原本想去勸架，有這個緣分夫妻一場，這樣吵總是不太好，而且也會吵到鄰居啊。啊你以後娶老婆，還是娶個乖一點的，不要像小王當初不聽我勸，找了一個愛玩的回來找氣受……」

我看著吳嬸，她也看著我，認真地告誡，關於女人應該怎樣相夫教子，怎樣容忍生活苦悶。其實對這些刻板印象我並不是非常喜歡，甚至有點反感。生長年代不同，我母親便是她口中的壞妻子，喜歡跟父親頂嘴，時常買包，奉行享樂主義。那都已經是很久以前的事情了，我從未對誰說過。不過從小時候對於金錢並沒有非常重視，難以拒絕人家借錢的請求，最後也難得可以收回借款。好險生活都還過得去。

但父親沒有怪過母親，每每生活變得拮据，父親會去喝酒，喝完後責罪我是個拖油瓶，用一種毫無自省過的語氣。講完後他會抱著母親哭，像個嬰兒，我便無法生他的氣。我便再也無法生別人的氣了。只要想到每個人有些時刻，會退化成嬰兒，我就不忍心蒐集憤怒，書寫詳實的罪狀去指責。我讓自己陷入傷心，不停檢討自己，是的我不夠強悍生活才如此困難，一切都是我的錯，一定是這樣。

父親哭完就沉沉睡去，對自己留下的傷害渾然不覺，也或許不敢面對。母親安頓好父親的身體，會來抱著我，但我不會哭。我是這樣想的，眼淚都被父親哭走了，我便沒辦法哭泣。把自己埋進母親懷裡，什麼都看不見，什麼都聽不見，只感覺到偶爾突如其來，母親身體肌肉的抽動。

吳嬸講話時，我沒有把不滿表現出來。正確來說，我沒有把這些跟別人說過。我只靜靜地任吳嬸講，有時候會偷偷計時，看她一口氣可以說多久。每次這樣做，好像回到高中，只要老師開始聊天，就會打賭老師會講多久，老師通常會講到下課，總對課程進度有十足的把握。我不知道老師怎麼安排課程，沒有一次例外，精準地在月考前一周結束進度，也許是略過一些東西沒有教，可是班上大部分的同學還是可以考上頂尖的大學，就算沒有，還是拿得到中段學校的分數。每個人畢業之後的際遇迥異，有些成績普通的成為老闆，成績優異的成為中規中矩的上班族。不是說這樣不好，只是在我的想像中，那些人應該會有更華麗的前程才對。

而我只是一個普通的人，過著一個人普通的日子，不特別難熬也沒什麼驚喜。自己生活久了，有時希望有人願意浪費時間在自己身上。吳嬸就是這樣一種存在，時間過多可以任意揮擲，雖然內容沒什麼營養，有人偶爾陪伴難免令人感到仍與這個世界有所接觸，尚未脫節。她繼續講，如忘記上課的老師般，自顧自講述鄰居的家務事，並不真的關心他們吵架或離家出走。

其實我們算是一體的兩面吧，一個需要有人對他講話，另一個需要有人聽她說。人與人之間大概就是如此，有些人只是想要說，不在意說了什麼，有些人，偏偏喜歡工作時聽廣播節目。

我往樓下走，又在樓梯遇見許多住戶，多到我不敢相信原來這棟大樓裡還有這麼多人。我一一打過招呼，其實大家都不太熟，但好像慢慢升溫。在一樓我看見阿水嬸，包在頭上的大紅色圓點絲巾被燻上一層焦炭的顏色。看看時間，應該是剛從夜市收攤回家。還沒好好休息，連衣服都沒換下，就被餘震搖出家裡。只見大家聚集在大樓的廣場，互相詢問之下才知道最大的主震已經過去，連綿餘震毫無規律襲來，剛開始眾人餘悸猶存，過一陣子看建築物沒什麼事情，便有人打開管理室的電視收看新聞轉播，想知道其他地方的災情，年輕一點的就不停滑臉書。阿水嬸便從停在外面的箱型車上拿出賣剩的燒烤串，吆喝著要大家分完，吳嬸在一旁幫忙。同樣在夜市擺攤的陳叔今天生意不錯，只剩下啤酒可以分。

大夥邊吃邊聊，說家裡的東西四處散落，牆壁有裂痕不知道會不會垮。說起這些事情，語氣竟有點輕鬆。或許有食物舒緩緊張的情緒，或許喝了點酒神經難以維持緊繃。講完家裡的災情，便轉向住戶間的私事。最引人注目的便是陳叔跟阿水嬸了。

逛過幾次夜市，就可以發現陳叔的攤位總在阿水嬸旁邊，攤位安排每過一陣子會移動。不管怎麼樣，燒烤就是要配啤酒。這是陳叔說的。只要看到鄰居他就會特別熱情地招呼，會有啤酒免費招待，也會多送一兩顆魚蛋或一塊鴨血。我習慣買完燒烤串走到隔壁去買啤酒跟麻辣燙，在等燒烤時跟阿水嬸聊天，她總抱怨陳叔搶走生意啊，或味道會飄過去很難聞云云。陳叔若聽到就放下手邊生意，專程跑過來鬥嘴。

大家越講越開心，陳嬸的臉色愈發差，不發一語。她便是吳嬸說的好老婆了吧，眾人如此大肆討論老公和別人的事情，竟然可以只是臉色鐵青。我不知道她心裡想些什麼，我只知道其他人並不在意，不免讓人覺得荒謬，我開始暗暗反省，是否也曾經用無心的語言傳遞這些傷害。全程我只默默聽著，像觀賞一齣鬧劇。忘記是哪本書討論過旁觀者效應，單純沉默著就可以成為親手揮刀斫砍他人靈魂的共犯。想到這些，我便發聲制止。嚴格來說我只咳了兩聲，告訴大家阿水嬸要分掉賣剩的烤肉串。陳嬸沒有看我，不過終於逃脫眾口凌遲。

陳嬸在這群人旁邊坐立難安，過不久就消失，應該是回去家裡檢查損失。我這樣安慰自己，明知道此處的震度並沒有真的這樣大。我往陳叔看過去，他正忙著發放啤酒，邊跟阿水嬸聊天。有時候我分不清什麼是真正的喜歡，什麼是愛，我也不知道如果結婚，還可以這樣去喜歡另外一個人嗎？

阿水嬸發送烤肉串時，我一直在旁邊等著。吳嬸不知何時又走近我身邊，用手肘頂了我，也不管我有沒有在聽，逕自說了起來。從阿水嬸年輕時讀大學開始說起，在那個傳統的社會裡，只有少數女人，才有機會讀大學，她成績自然也非常優異，家裡恰巧有經濟能力可以負擔額外的學費。可惜她嫁的那個老公，其實也不是對她不好，就是活得不夠久。丈夫過世之後，她便帶著孩子在夜市賣烤肉維生，前幾年還可以看到她兒子跟她一起出現呢，聽說是最近考上北部的大學，越來越少回家，北部開銷也大，不管身心都更辛苦。上次她說一說就哭起來了，說是想兒子，唉呦，可憐喲。吳嬸用浮誇的語氣說完，匆匆跑去找別家人串門子。

我邊聽邊看著阿水嬸，她被圍在人群中間，氣溫只有十幾度的清晨，她卻流著汗。稍早關於她和陳叔的討論，她自己應該沒有聽見。神情顯得輕快，略帶疲態。箱子空了之後，她坐在花圃邊的大石子上休息。我偷偷觀察她，她眼神堅定看向前方，看向更遙遠的前方，或是未來，終有一天會望見北方的孩子，然後跟他過上幾年穩定安逸的生活，不用再去夜市，不用再忍受流言蜚語。

旁邊的人坐著吃早已失溫的烤肉串，配上陳叔的啤酒，有一搭沒一搭地說話。也許一輩子就是這樣了，配著別人的喜怒憂愁，一邊對自己說，其實很幸福。我的眼神在這群人之間游移，突然想做些什麼，我走到阿水嬸身邊，拍拍她的肩膀。

「阿文喔，哩甘有呷到烤肉？」

「有啊，阿水嬸，你們家的烤肉真的有夠好吃餒，是怎麼做的啊？」

「唉呦這怎麼可以跟你說啦，你如果喜歡，就到店裡來，跟嬸嬸說，嬸嬸算你便宜一點啦！」阿水嬸跟其他人聊天聊到一半，還不忘保護商業機密，但聽到人家誇她的烤肉好吃，又笑得合不攏嘴。

大家都笑出來，互相乾杯，有人把自己的那一瓶分給阿水嬸，我則把一張百元鈔票順勢塞進阿水嬸手裡，她要把錢推還給我，我只在她耳邊說台北開銷很大，這樣不無小補，就當作我跟你買的就好。

阿水嬸的臉色像是懂了什麼，嘴裡一邊碎念說一定又是吳嬸說的啦大嘴巴，一面多塞了兩支烤肉串到我手中。雖然一百塊沒辦法真正改變現況，聽說（當然又是吳嬸說的）有人開始會固定去阿水嬸的攤位光顧，阿水嬸的小孩回家的頻率也增加了。

這時候聽到大樓門口傳來小孩子的哭聲。望向玻璃門的方向，只見王叔正抱著他的老婆哭泣道歉，王家兩個小孩也抱著媽媽的大腿，不知道這次又是哪一個小孩闖禍了。其實我也不是第一次知道王叔和陳阿姨吵架，只要那一天他們吵了，丟垃圾的時候就會只看到一個人下來，大部分都是王叔，因為陳阿姨只要吵架就會跑回位於隔壁社區的娘家，王叔丟完垃圾就會走到隔壁社區去「要人」。

王叔說得好聽，大家都知道，每一次，沒意外的話，總會是陳阿姨風風光光地被迎接回來，臉上帶著勝利的微笑和藏不住的滿足。當晚在家就可以聽見，王家孩子看見媽媽進門瞬間，並不會第一時間流下眼淚，他們會忍，醞釀一次極具畫面的痛哭。那悲慟會通知其他家，喔，陳阿姨回家啦。有些家庭則把哭聲用以警惕小朋友說，樓下的小朋友就是跟你一樣不乖才被打成這樣，你想哭得跟他們一樣慘嗎？

也許是聽起來真的很慘，所以只要媽媽這樣威嚇完，小孩的哭聲便不復見。這種教育方式明顯是有問題的，不過除了教育學者外，並沒有誰真正了解哪裡出了問題。小朋友一樣會長大，成績不特別好也不特別差，長大之後一樣有份正常的工作，極大部分都不會因為做壞事受到法律制裁，偶爾超速闖紅燈被抓到無傷大雅。之後生小孩，小孩哭鬧，一樣用這方法。小朋友就乖乖的不吵不鬧。其實真的沒什麼大問題。

小時候我也常被這樣警告，久而久之便忘記怎麼哭了。跟女孩分別的時候我哭不出來，她就哭得更傷心。父母喪禮上哭不出來，被指責說不孝。這些不是什麼大問題，也從未困擾我太久，只要等那些人真正遠離我，我會把自己藏進被子，用力悶在枕頭裡，這樣會很小聲，很小聲。小聲到我幾乎不知道，原來自己也會哭。

我想著這些，幾乎與平常失眠無異，不同的是，今次只能坐在廣場花園邊的石頭上。看電視上災情慘重，身旁的人竟都正在吃烤肉，有的更從家裡搬出卡拉OK和兩大本厚厚的歌本。有些人已經喝醉，興致一來哪管你什麼伴奏什麼音準，麥克風就口便唱自己喜歡的歌，或記得的歌，通常都是同樣的幾首不停循環。整個廣場亂成一團，有人喝得更多更多，借酒壯膽握著電話告白，有人同樣喝酒卻壯不了膽，只敢躲在角落喝更多。沒告白的人臉跟告白的一樣紅，一樣滾燙。

我不在其他人面前唱歌，一來聲音低沉，二來難以掌握音準。高中的合唱比賽老師一聽我開口，把我分配到道具組，最後我連道具都沒有做，跟另外兩個同學準備科展，同學為合唱比賽練習時，我就在實驗室裡面鬼混。有時混上一整天，連正式課程都沒有去，科展的指導老師也不太管我們，任我和兩個同學做自己想要的題目。不是什麼困難的題目，當然沒有得獎，之後就與物理漸行漸遠。

我也不喝酒，畢竟也沒什麼人可以讓我表白心意，就算有也不需要酒精，因為即使喝了仍然不敢。小學時我曾經收過情書，是一位我很喜歡的女孩寫的，看完除了興奮之情，腦袋再也無法作出更多的運算，冷靜下來後經過我縝密的思量，認定那是一封惡作劇的信，於是我把信送了回去。國小畢業典禮當天，我用即時通告訴那個女孩我實在很喜歡她，她說她也是。但因為畢業了，就再沒有機緣相見。某天想起來，用臉書搜尋了她名字，發現她正在讀我曾經考慮過的一所校系，最後我選擇了分數比較高的另外一個，即使我讀的學校在該領域的成果並不突出。我看見當初可以輕易考取的選項，心中百感交集。

廣場上爆出一陣歡呼，我還搞不清楚狀況，只見一團人簇擁著陳叔向前，陳叔滿臉通紅，搖搖晃晃地走向阿水嬸，嘴裡不清不楚念念有詞。阿水嬸顯得有些惱怒，雙手扠在腰際，頭髮散亂。從收攤到現在都還沒辦法休息，又被一群醉鬼這樣作弄，心情之憤怒不難預見。沒人看到陳嬸，聽吳嬸說，陳嬸跟陳叔早就離婚了，離婚原因不重要。我聽她這樣說，心底竟鬆了口氣。

「你是認真的嗎？」阿水嬸開口，問話的對象正是滿臉通紅、歪歪斜斜站在她面前的陳叔。

「對啊。嗝。」應該是喝太多，陳叔面對充滿怒氣的阿水嬸，竟還敢嘻皮笑臉地回話，手上拿著一個鋁罐，裡面還有一半的啤酒。站不穩的陳叔快要摔倒，扶著牆壁勉強保持平衡，啤酒不時從罐子裡濺出些許到地上。嘴裡酒氣滿溢，聲音拖泥帶水。

阿水嬸遲遲沒有答腔，原先在吵鬧的人都忽地安靜下來。我常會有這種想法，時間的運行應該跟人說話與否以及說話速度有關，只消一群人突然保持安靜，時間便會緩下，甚至靜止，讓人不自覺地屏住呼吸。以前課堂中也總是這樣，老師一安靜，同學便失去說話的能力。高中科展應該做這個題目，可惜當初沒想到這之間的關連。這想法不合時宜地冒出來，不禁莞爾。

最後阿水嬸哭了，她什麼都沒有說，沒有答應，沒有拒絕，就只是哭。陳叔也慌，一慌連酒都醒了。他蹣跚地走到她身邊，坐著，拉她一起坐下，給她一張面紙，輕輕拍背。圍觀的群眾不再起鬨，全部的噪音都從這個空間消散無蹤，阿水嬸的委屈和辛酸隨著淚水跟汗液逸散到空氣中。連被染黑的俗氣大紅色圓點圍巾，都顯得有些哀愁。我終於理解那些互搶生意，互相燻染對方以麻辣燙油煙或炭火的日子多麼重要。那從來都不會是傷害，那大概像是這樣，兩個堅強的人，走入騰騰煙霧中，兩個人哭了，然後抹抹眼睛說：「沒什麼，被燻到而已。」

看著廣場上的人，幾乎就像個慶典，什麼地震什麼恐怖都被拋諸腦後，電視上仍放送大樓倒塌的畫面，但好像發生在很遠很遠的地方。我想起父親斥責我的那個停電的晚上，那句話裡面的抑揚頓挫都歷歷在目。我想起那時候的事情，竟然覺得有點悲哀。我已經太久沒有為別人流淚過，已經太久沒有為別人受傷。我羨慕陳叔，羨慕陳嬸（雖然已經不是夫妻了），我羨慕阿水嬸，羨慕這些在人間不斷受傷的人。

我眼眶有點溼，是沙漠中久違的綠洲。這場地震不只震垮無數的房子，也鬆動原本硬實的土泥，四處管線破裂，有水湧出。那些只在新聞畫面裡播報的事情，也正在我的心中發生。

天亮了，剛才發生的一切彷彿只是虛構。大家走回自己的家，互道一聲早安，像是什麼都沒發生過，又像是已經完全理解剛才發生的所有事情。

香水

「如果，如果你知道我是這樣的人，你還會接受我嗎？」他盯著我，我在他眼裡看見自己，彷彿他整個人全部地被決定了。我是這麼說的。

「會，我愛你。」

＊

我不是第一次見到那個女人，但還是第一次看到她這麼明目張膽地出現在家裡。那時我剛放學回家，走進房裡放書包。順便到母親房間看看，母親坐在床上，空氣凝結，眼神就這樣盯著她。「她」嚴格來說，只是一瓶香水。心形粉色的瓶子，裡頭裝滿澄清如水的液體，我幾乎可以看見男人對女人的愛意全部都被蒸餾在裡面。母親搖晃瓶子，好似稱職的品管員，檢查裡面愛情和溫柔的比例有沒有到達標準。她終於沒有打開，所以她到最後都不會發現那個女人的品味跟她一樣，她也永遠不會發現平時冷淡的他竟有如此火熱的一面。

她永遠不會發現。

光是這樣，就能讓一絲莫名的安心從我深處油然而生。

＊

父親第一次把那個女人帶回家時，母親剛好跟著公司旅遊到日本去，而父親自己還要上班。家裡應該是沒人的啊，我卻在放學回家，打開家門時，鼻腔猛然灌進一股陌生的味道。是香水，但家裡沒有人用香水，就算是母親，也只有出席比較正式的場合才會使用。我心裡正納悶。不過這種情形多幾次就習慣了，我知道應該有個別人在房裡，雖然每次聞到都覺得心頭些微一震，但都可以馬上不動聲色地跟父親對上眼神。

走進陽台趿上拖鞋，向右手邊滑開紗門。他便從房間的方向沿著走廊進入我的視野，神情沒來由的有些慌亂。

「我回來了。」我輕輕說。

「吃飯了嗎？」

「吃過了。」

對話簡單到讓人近乎忘記女人的存在，簡單到連空氣中的香水味、偶然進入眼角、掉在角落的內衣褲和明顯是故意掩上的房門全都仿若虛構。這樣也好。我暗自慶幸，盡責地維持和平的假象。

回到書房，我在腦海裡試著建構他們相遇的情景。父親平時會抽菸，為了減少口腔的味道，他應該要先去刷牙，這是基本禮節。接著並肩坐在床上聊天，畢竟他年紀也不小了。體力不支時，便這樣安慰自己：「有時候氣氛比真實的做愛來得重要。」聊的內容不外乎是家庭、事業，雖然他並不真的有什麼偉大的事業，母親也不過是個鎮日穿梭於柴米油鹽的主婦。多麼沒有吸引力的人生，想到這裡不禁為父親感到一絲悲哀，沒什麼值得說嘴的經歷，一切是如此平淡，像杯白開水，連容器都是隨手可得的那種，但若往裡面加些調味，或看似高檔的食材，便會立即升級為高湯。他活了大半輩子，卻連最一小撮的香料都得不到，如果真要做出什麼驚人之舉，那便是把杯子打破了吧。不過照父親溫吞的個性，就不用提了。孩子就更無法跟其他人比較，當人家為放榜歡呼，一整疊的信封，從台灣各地寄來，波瀾不驚地通知我落榜。我繼續準備考試，而那女人繼續躲藏衣櫃裡，壓低呼吸，找尋時機神不知鬼不覺地逃竄出門。

我喜歡這種諜對諜的感覺，我會故意把房門開著，這樣父母房間的門就會在我的斜後方。他會來問說要不要幫我把門關上，他說他怕看電視吵到我，我說不用，我還沒有要讀書。某方面來說我並不介意那女人來家裡，他不會拿成績囉嗦，他想要顧及形象。「我對小孩很開明，只要他們開心就好。」我猜他在那女人面前應該是這樣說的，實際上當然不是如此，就算他看到成績沒有大發雷霆，也絕對不是因為他的教育方針，單純只是他早已放棄我。

最後我還是沒有看到那女人的長相，如果可以，她一定會是個優秀的間諜。我甚至想像過，其實他是國家祕密的特務，而那女人是敵國派來負責監視他的特務。整個家庭都在敵國的掌控之下，隨時可能成為談判的籌碼，或人質。只要他跟政府採取錯誤的行動，整個家庭將毀於一旦。樂觀一點來看，是犧牲了一個不起眼的母親，一個不成材的孩子，保全整個國家的安全，算是一筆頂划算的交易。

我也曾經這樣想，因為那些女人，使他的人生可以稍微被調味，即便只是最簡單的，比如蔬菜高湯或昆布，那倒也不錯，比現況好上不知道多少，我的日常生活也多了興許趣味。你說那母親的人生怎麼辦？你問我有沒有想過母親的感受。我很喜歡俗諺裡有一句「嫁雞隨雞，嫁狗隨狗」，她從頭到尾都忠誠地依附他活著。不知道你有沒有看過海龜，或是螃蟹身上，會寄居一些貝類，母親大致上就是那樣的存在。但那終究是在海中才能如此，我們生活的這個世界並沒有那樣自由，有更多陳規限制，把我們形塑成人的樣貌。連想要成為貝類，都極度困難。

好比說，我就曾經看過父親的母親指著我的母親鼻頭，大罵說沒有主見，沒辦法相夫教子，她兒子才會變成這樣。那時我約莫三、四歲，就看父親的母親嘴唇、舌頭及整個口腔肌肉合作無間，連珠砲打在母親身上，母親是一點辦法也沒有。父親的母親捧著滿腦子要說的話，竟連一滴口水也沒有潑灑出來，天色一暗，還以為太陽是被她就這樣勸退的。母親唯唯諾諾點頭稱是，一下子又猛搖頭道歉。

父親的母親剛罵完，準備休息，他就回到家，滿身香水味。我到了很久以後才知道香水的味道可以分成前中後味跟調性。那時候剛聞到，只覺得是一個女人婀娜地站在我面前，身穿禮服，背後寫有大大的V字，腳著高跟鞋，鞋上鑲有我無法辨識價值的水晶，也許根本就是鑽石，她先搖曳生姿地走進門，整了整裙襬，坐進沙發裡，平常必定哀嚎的彈簧們連吭都不敢吭一聲。父親的母親也忽地安靜下來。

直到我定睛一看才發現是他進門。他的穿著顯然配不上那種氣味，灰色工作服上，已經有些地方開始泛白，舊舊灰灰的牛仔褲，深褐色的皮鞋，身材肥短。他身上總飄散出一股淡淡的石灰味，聞習慣了就覺得還好，不過難免連空氣都變得灰灰的。時間一久身體變得差，臉上沾染一些顏色，洗不掉的那種。

*

不論是我或我的母親，從沒真正見過那個女人，每每只能從氣味模擬她的長相、氣質和所有的一切，應該是個很有品味的人，而且個性溫潤得跟香水一樣。我總是把那女人想像得那樣好，好到就算父親愛上她，心裡也不會這麼難過。這樣應該是母親的問題了，我卻不捨這樣想。值得一提的是，很小時候的某一天，香水的味道換了，然後每隔一段時間都會換一次。他的衣服也隨著香水的味道輪替，雖然都同樣的破舊，雖然不管怎麼穿，身材依舊肥短。很久很久以後，即使只是想像，我還是很難把父親的身體跟那些味道的主人交合在一起。他那無神的眼應該如何才能直視對方，同時靈魂還背負著一個孩子，一個妻子。如果不是過人的意志力，就一定是從沒把家放在心上吧。不過那是父親啊，所以一定是憑藉著意志力，逼迫自己看見對方，甚或看進對方靈魂深處。

也有另一種可能，父親跟我跟母親一樣，從沒真正的看見過，那女人或那些女人。想到此處不免覺得有些悲哀，又有些好奇，跟不愛的人做愛是什麼感覺？還是說正因為沒有愛，所以有做愛之必要？我是游移在這些不斷翻騰的困惑中長大的，而長大這件事情，並沒有讓我失望。

所有的疑問都得到解答，我慢慢了解什麼是娼妓，什麼是嫖客、性交易。慢慢了解有些人用錢買愛，有些人根本不在乎愛。唯一的共通點是，他們在彼此面前，他們做愛，品嘗細聞彼此的左邊乳頭，也許右邊，或是陰部，兩具身體最後沾染相同的味道，那兩個人卻可以依舊保持陌生。我偶爾會想像沾滿汗液的肉體疊合在一起，一邊自慰，以為這樣就可以跟父親接近一點，可以看見不同的世界。最後還是沒能成為跟他一樣的人，我跟一個女人結婚，不過那都是後話了。

我寧可相信他們渴望被對方看見，但有一些我仍未了解的原因阻止他們這樣做，或相信他們是辛苦的，內心孤單空乏，是一對作工別緻的苦命鴛鴦。更可能的是他們從彌漫空氣的香水味中，從我始終無法辨認的前味中味或調性，早已嗅清對方是怎麼樣的人，便再沒有視覺介入的餘地。

這樣一想，我跟父親也並不是非常的熟悉。關於他的一切我都一知半解，好像他平常只用上半身，或只有下半身在生活。正確地說，是生活在我們面前，我不知道他在那些女人面前是什麼樣子的，很健談嗎，還是很沉默帶有神祕色彩，偶爾展現紳士風度。不管是怎麼樣，必定都不帶有一點灰，因為他把所有的灰色和灰色的氣味都抖落在家裡，然後放心地出門，再把屬於真正外面世界的香氣帶回來家裡。我多希望可以從那些女人口中認識我的父親，這樣一來也許我的童年，就可以多點除了石灰之外的味道跟顏色。

母親一大半的生命，大概也可以免於這種充斥霾害的生活吧。若年紀再大一點，即使記憶力變得差了，母親回憶裡的天空，應也都是單調低沉的灰黑色。

*

自我有記憶以來，母親很少發自內心地笑，她臉上總蒙著一層灰。幼時覺得這樣很美，輪廓更深刻，周圍的空氣連帶變得哀婉。好像灰姑娘，我由衷地這樣想。但是灰姑娘是在等待她的王子啊，母親已經有父親了。雖然母親看他的眼神如此深情，父親卻很少正眼看她。母親為他整理夾在肥短脖子裡的領子時沒有，母親為他遞上換洗衣物時沒有，甚至他在感冒時母親徹夜鎮守床邊為他替換毛巾時仍然沒有。他就是如此堅定不移，連一個眼神都不肯施捨。

我時常在心裡哀求，拜託你啊，只要你看看她一眼，一眼就好，她心情就會變好了，就又能夠好好活著。

那種單純卻再也無法擁有。

我是在一夜之間突然長大的，說的不是生理上而是心理。若真要說，應該是像「轉大人」的儀式，有些可怕，對於從未有過的感受，但只要全然誠心地接受，可怕跟神聖就只有一線之隔。現在想來也的確如此，神聖的事物總會建構在足以嚇阻人的形象上。

那是一個母親死掉的晚上。更嚴謹地說，母親終於真正地死掉了，告別灰霾的天空，我在那一晚也真正成為大人。很可怕。但更可怕的是，我像是早就等待這一天來臨那樣，看到母親冷靜地掛在繩子上，四肢伸直，舌頭掉在外面。從震驚中恢復理性，只有一秒鐘，甚至不到一秒鐘，那不到一秒的時間內，我看見某種永恆的態樣——這樣一死，所有的痛苦都留在這邊。同時我深切地感到生命的脆弱，甚至無法與細長柔軟的繩子抗衡，也許母親無法對抗的還有其他女人的柔軟乳房、熟練的唇舌或濡溼的陰道，一切都太強韌，強過母親晦暗的靈魂。

母親是走在繩子上的人，我們都走在繩子上，不過母親不小心掉下去了，只是如此而已。我告訴自己。冷靜地打電話到醫院、警察局，給父親，給所有我知道的人。每個接到電話的人，都在話筒的另一邊哭成一灘水，而滿滿的悲傷，肆無忌憚地從電話裡的銅線滲透過來。我有些欣慰，竟有人願意為母親流淚。我打給更多的人，想蒐集更多傷心，雖然我自己是沒有哭的，只要這樣聽著別人哭泣就可以滿足。

父親也哭了。

意料之中的，他披著跟昨天相同的香水味飛奔回家，眼睛紅腫，兩條淚痕整齊地攀在法令紋上。跟潮溼悲傷的空氣不相襯的香味緩緩飄散，我其實對於這件事有些不滿，就好比運動後的汗液和入香水那樣，不過既然是無心的，我也不好說什麼。他也哭了，跪在床前，握著母親的手。這一切看在我眼裡竟有些不協調。唯一如同往常的，他仍沒有直視母親。

這樣很好，讓母親在習慣的景象裡好好地走。好險他沒有突發奇想，用曾經望著那些女人的瞳孔正對母親，如果不小心看見留在那無神黑洞裡的身影，那該怎麼辦呢？

是啊，這樣很好。

＊

守靈那晚下雨，空氣冰涼如水，但每過一陣，竟又可以再更冷一些。

出殯之前我握過母親的手，那雙手如此冰冷，像是長期降雨的結果，我依稀可以看見母親的體溫和靈魂，在每個獨處的夜裡被一陣一陣的淚水沖刷侵蝕，漸漸失去人形、溫度，最後終於和室溫趨同，甚至比室溫更低，像灘水。這樣的結局必然且哀傷，即使發自內心真正為母親感到哀傷的人極少。應該說，生命的失溫、消逝，這件事情本身就足以引起相當程度的哀傷。

守靈期間的每天早上傍晚，我必須為母親準備盥洗用具，把茶杯跟牙刷牙膏放在裝有溫水的臉盆，置於凳子上。還有一碗飯跟一小碟燙青菜，飯粒乾硬，呈現黃色半透明狀，綠色青菜皺在盤裡，褪成黃綠色，跟母親很像，母親的臉也會褪色、起皺，經年累月被石灰薰成蒼白且布滿褶曲的牆面。

我想著這些，一邊放上拜拜的東西，準備完之後會上香告訴菩薩跟母親說飯已經準備好。我喜歡這個程序，彷彿母親終於展開真正的生活，有人真正照護、在意她。我也喜歡上香完之後坐在凳子旁的地上，跟母親並肩坐著，告訴她一些我從來沒說過的話。她會手捧碗，臉色有點蒼白，但不會再更蒼白，纖細的手連舉起筷子都費盡全身力氣，我幫她把菜夾到飯上面，她笑著對我點頭，然後我們繼續未完的話題。她很少說話，所以我會不停地換話題，直到母親能夠透過我看見我所看見的世界。

時鐘轉得很慢，時間之神暗中通融，讓我跟母親能有更多的時間。靈堂裡的收音機播放佛經，我其實不習慣這種死氣沉沉的叨念。但聽說這樣母親在另一個世界的生活會好一點，那就放吧，不用在意。有時會忘記坐在地上多久，因為母親吃飯動作很慢，我後悔以前沒有計時過她一頓飯一盞茶的時間，這樣無法正確知道母親吃完了沒。住持跟我說沒關係，這只是形式。我告訴他，這很重要，我在意，我不要母親走了以後連吃飽這件事都沒人在乎。

香燒到一半，一半的香灰垂下，但沒有斷。通常師父提醒我要收東西時，香灰和香剛好會承受不住重量斷作兩截，此時就知道，我不能再說更多話了，也不能再稍稍流露一點不捨。我是這樣相信，香透過煙霧把想說的話飄抵天聽，若話太多，思念太沉重，煙霧就飄不上去。我很小心地觀察香，一面小心地說話。我希望母親能聽到。

父親也會來靈堂上香，通常是傍晚的時候。那時候天色沒這麼亮，靠近海平線的天空會被染成橘紅色，在更頭頂的地方轉為藍紫。炫彩的天空，恰到好處的涼意，可以陪著母親用餐，說些話，一切是如此美好。

但是他來了。跟著那個女人的味道。

當然他不是故意的，他從沒把這件事情放在心上。有時會想，我討厭他，可能是討厭他的坦率吧。可以這樣坦率地愛上別人，就算不愛依然做愛，而且毫不掩飾身上所有關於女人的蛛絲馬跡，坦承得像是他之所以這樣做全都是我跟母親的錯一樣。有時也會想，難道真的是我們的錯嗎？好幾個夜晚，我聞著香味躺在床上翻來覆去，腦袋被疑問填滿。但我從來都不敢問，甚至不敢得到答案。

有一日母親開始擦香水，很淡很淡那樣。她只在手腕點上一點，輕輕勻開，接著是耳後、脖子，周身的空氣變得開朗，味道是清爽的柑橘味，那天她的笑容特別多，特別輕快。

家裡石灰的味道消散了些，呼吸不再沉重混濁，日光也更可以照進家裡，死寂的空氣漸漸流動，母親臉上的暗沉被輕柔掃動，緩緩帶走。他回來的時候，母親迎上前。那一瞬間好似上演一齣舞台劇，母親身影靈動，我也快要跟著起舞，他眼睛依舊無神，但已經阻止不了觀眾的掌聲。

我跟著母親走到他身邊，隱隱聞到一股柑橘味。

他什麼話也沒說，低著頭。母親講不出台詞，忘詞的演員默默走下舞台。柑橘味仍是柑橘味，泛白的工作服，愈發肥短的身材，都與平常無異，空氣卻恢復以往的混濁。只有我，沉浸在兩顆柑橘的喜悅裡，無法感覺其中一顆更加刺鼻。從那天起，我就找不到那瓶香水了，母親身邊的空氣也再沒改變過。

*

所有儀式結束後，我回家的頻率愈發少，親戚知道母親的事情，便為我準備房間，讓我可以有個地方好好準備考試，也剛好不必每天回到家裡，我樂意地接受親戚們的好意。

但偶爾還是需要回家，拿些換洗衣物，或書。家裡屬於我的東西被慢慢搬離，只留下香水味縈繞，每一次拿東西，味道就更濃一些，我也更不想回去。他有時會來親戚家看我，問說有沒有缺什麼東西，我會跟他說，有時會故意說些我根本不缺的東西，作為微不足道的報復。他都靜默地承受了。這是他應得的。我這樣想。離大學考試越近，他越少來找我，我也覺得不需要他的陪伴。某天他來到親戚家，站在門口，還沒講話，電視正播放的《報告班長》的主題曲〈我知道我已經長大〉，代替我回答他想問的問題。為了更清楚一點，我特意把音量調更大聲。

那天他什麼也沒說，只有兩行眼淚默默沿著臉龐繩降。我背對他坐在沙發上，我也哭，偷偷用手臂胡亂抹了一把鼻涕。我不知道為什麼哭，我也不知道他為什麼哭。完全沒道理的兩件事情同時發生，讓人有些無措。

我很快就恢復冷靜，臉頰乾得像是從沒東西爬過。

「你考上哪？」他聲音有些顫抖，穿破沉默和電視聲音，直達我耳際。

「成功大學。」

「很……很好，離家裡很近。」

「謝謝。我住家裡。」我說的是親戚家，他自然也明瞭這一點。

我的語氣像正在跟幫我結帳的便利商店店員道謝一樣。很有禮貌，距離也很遙遠。彷彿他也正走遠，其實是我們兩個朝反方向前進，彼此的中點是已逝的母親，我時常回頭，他卻從未看過我。我看他走出去，輕輕帶上房門，聽到他跟親戚問好，說要走了麻煩你們了。確認他無法知道房裡的情況後我才把電視關掉，浸泡自己於滿室寂靜。雖然已經有學校讀，我還是翻開課本，只要放在桌上就可以靜下心。

過了幾天，為了入學，我回家一趟整理相關的證件。避免跟他相遇，我向學校請假，搭車回家拿東西。甫踏進家門口，又聞到香水味，我躡手躡腳走在客廳，不想驚擾空氣裡箭在弦上的情慾。在客廳遍尋不著，只得朝房間前進，門只有輕輕掩上而已，我屏住呼吸深怕看到任何畫面。

但我什麼都沒看到。只看到他。

他穿著天藍色無袖洋裝，頭髮是富有熱帶氣息的棕褐色波浪捲。那是一頂假髮，從髮線竄出幾絲告密的白髮。門咿喔作響，他望向門邊，看見我。胸罩的肩帶還歪歪地纏在贅肉滿布的上臂，他狼狽地看向我，眼裡滿是驚恐，很快便歸於平靜。他靜默著等待我說些什麼。我腦袋一片空白，忽然有種感覺，站在我面前這肥短無力的男人的一生，將要被我接下來說的話全部地決定。

「你，」他清了清嗓子，抓抓頭，終於下定決心問：「你還會愛我嗎？」他卑微地站著，雙手交互搓揉，像做錯事被抓到的小孩。幾近一種無法直視的卑微，我不忍看，卻也沒能說些你沒錯之類的話。

「你其他的女人呢？」沉默半晌我只能問出這句話。他滿臉疑惑。

「什麼其他的女人？」

「你不是外遇嗎？每天都帶著香水味回家，我也曾經在房裡看到女人的衣物啊，你為什麼從沒正視過母親呢？為什麼從沒……從沒讓我真正地當個孩子。」太久沒和他講話，我失去所有話語的能力，只能失聲哭喊。

「那些都是我的。」沒有多餘的詞彙，簡短俐落，眼睛忽地有神，工作服也不再拖灰帶泥。短暫的遲延後，他娓娓道出事情始末，包括如何被母親發現自己的嗜好，不被諒解，偷偷摸摸地生活，偷偷摸摸地成為自己，妻子的冷漠，孩子的冷漠……以及所有橫在他與自己之間的巨大結構。

他只能下班後，回家前，擦抹些許香水。我邊聽邊想像，與母親相同的動作，小心翼翼地點上幾滴在手腕耳後，緩緩勻開，香味被體溫蒸發逸散到空氣中，勾勒他模糊的靈魂，或在浴室裡把陰莖夾進兩腿之間，假裝這錯誤的器官從未存在過。每日不斷重複的動作，那些傍晚，那些洗澡的夜晚，可能都是這輩子最美好的時間。被濃縮在透明精美的玻璃瓶裡。在瓶子表面，可以看到倒影，自己映在上面。終於我看見自己了。他眼睛發光著說。我也是第一次看見他，此時他的靈魂就跟透明的香水瓶子一樣，不費絲毫力氣就可以徹底看透。

「你還會愛我嗎？」父親又問了一次。

「會。」我直視著過去幾年來從未直視過的父親。「久違了，對不起。」我脫口而出。父親臉色紅潤，但皺紋肆無忌憚爬成道道深壑。「對不起，我們真的好久不見了。」我繼續說，眼眶有點潮溼，語音顫抖。

空氣又再度充滿香味，原來父親一直以真正的面貌活在我們鼻腔之中。想起父親度過的那些狹窄的歲月，空氣裡的那兩顆橘子。其實那時候我就該看見了。我讓大腦高速運轉，思考如何才能弭平我所造成的成堆傷害。我想不到。平時能講出各式刻薄語言的我，此時此刻竟只能平鋪直敘地這樣告訴他，沒有任何修辭，最簡單的那種。

「我愛你，你很美。」

後記

當我開始動筆寫下這篇後記時，我正搭乘接駁車前往教育召集的營區。

集合地位於軍港內，方入大門即可見岸邊泊著喊不出名字的軍艦。

悶熱的典型南方氣候，我們駐紮在某個沒有冷氣的不通風的閒置場館，一旁即是另一間用作辦公室的廠房。

洞五三洞，部隊起床。

起床全副武裝集合後，阿兵哥們再回籠等早餐，吃完早餐領了槍，把槍枝數量點過又點。過了這麼久，才看見廠區員工魚貫進入廠區。那是早上八點。而我們早已汗流浹背。

不排汗的棉質內衣緊緊貼住身體，竟使我想起往昔中學時不畏酷暑，只消有休息時間即衝向球場，又帶著滿身汗回到教室的時光。彼時教室尚未全面裝設冷氣，電風扇已經足夠舒適，當時自然想不到幾年後會成為一有汗味就覺得尷尬並換掉衣服的那種人。

迷彩服似乎有種魔力，穿上身即就地拋下對文明的堅持，便能自在或爬或坐於草地上。

我們全副武裝，席地守備——美其名為守備，或警戒，實則發呆聊天——將來勢必面臨襲擾的海岸線。這許是我初次以這樣的角度觀看高雄的海岸。

中學時常與同學坐車到西子灣，偶爾會搭上渡輪往那長條形的島嶼去，但都未能離這片沙灘這麼近。更多時候我們到山腰的忠烈祠，由制高點望向港區，固定規格的貨櫃整齊排列，巨大的重型機具靜靜夾掛著貨櫃帶往正確的地方。

警戒線上除了沙包堆成的機槍陣地外，就只有一個個頭戴鋼盔的阿兵哥，盤腿而坐，步槍倚肩。透過防風植物的縫隙想像更遠的岸線上有虛構的敵人正登陸，而我們將從縫隙中瞄準、射擊。有幾次我真的拿起步槍，臉頰靠上槍托，試圖從覘孔中看見什麼。

一不小心頭太過前傾，鋼盔便會滑下擋住視線，我必須重新調整鋼盔、眼鏡，重新瞄準，找到原先所瞄準的一兩百公尺上的目標。

沙灘上一片寂然。

我不禁疑惑：像我這樣的人，能在戰場上存活多久？

打靶時也遇到相同的問題，鋼盔不斷滑下，我不斷調整眼鏡，臉頰位置，看進覘孔。

然而，因為太遠了，我甚至難以確知究竟擊中與否——助教只說：不要停下，一直扣板機就對了。

恍然，竟這麼像是小說。

利文曄　於二〇二三年

九　歌　文　庫　1　4　2　9

日行列車

國家圖書館出版品預行編目（CIP）資料

日行列車 / 利文暐著 . -- 初版 . -- 臺北市 : 九歌出版社有限公司 , 2024.05
面；　公分 . -- (九歌文庫 ; 1429)
ISBN 978-986-450-670-5(平裝)
863.57　　113004438

作　　者——利文暐
責任編輯——鍾欣純
創 辦 人——蔡文甫
發 行 人——蔡澤玉
出　　版——九歌出版社有限公司
台北市 105 八德路 3 段 12 巷 57 弄 40 號
電話／ 02-25776564・傳真／ 02-25789205
郵政劃撥／ 0112295-1

九歌文學網　www.chiuko.com.tw

印　　刷——晨捷印製股份有限公司
法律顧問——龍躍天律師 ・ 蕭雄淋律師 ・ 董安丹律師
初　　版——2024 年 5 月
定　　價——350 元
書　　號——F1429
I S B N——978-986-450-670-5
9789864506712（PDF）
9789864506729（EPUB）

本書獲國藝會文學類創作補助